当下的诗意

当代诗歌二百首

李少君◎主编

中国言实出版社

图书在版编目(CIP)数据

当下的诗意：当代诗歌二百首 / 李少君主编 . --
北京：中国言实出版社，2023.11
ISBN 978-7-5171-4695-7

Ⅰ.①当… Ⅱ.①李… Ⅲ.①诗集－中国－当代
Ⅳ.①I227

中国国家版本馆 CIP 数据核字（2023）第 223913 号

当下的诗意：当代诗歌二百首

责任编辑：张国旗
责任校对：宫媛媛

出版发行：中国言实出版社
　　　　　　地　　址：北京市朝阳区北苑路180号加利大厦5号楼105室
　　　　　　邮　　编：100101
　　　　　　编辑部：北京市海淀区花园路6号院B座6层
　　　　　　邮　　编：100088
　　　　　　电　　话：010-64924853（总编室）　010-64924716（发行部）
　　　　　　网　　址：www.zgyscbs.cn　电子邮箱：zgyscbs@263.net

经　　销：新华书店
印　　刷：北京铭传印刷有限公司
版　　次：2024年1月第1版　　2024年1月第1次印刷
规　　格：880毫米×1230毫米　1/32　14.125印张
字　　数：304千字

定　　价：78.00元
书　　号：ISBN 978-7-5171-4695-7

诗歌的初心觉醒

李少君

从小学开始，我就有一个习惯，看到好的诗歌就会抄下来，一个笔记本抄完了，再换一个笔记本。

这个习惯一直持续到参加工作以后。如果说学生时代抄诗歌是出于纯粹的热爱，后来则稍微有所不同，按现在的说法，是有一些自觉了。因为我的工作是编辑，到现在已有三十多年了。

我当编辑后一直保持这样的习惯，看到好诗就先保存下来，因为怕过后就找不到了。以前是抄在笔记本上，现在是以文档形式存在电脑里。就这样，我保存的诗歌越来越多，有些是用于编刊，以前是在《天涯》杂志，后来是在《诗刊》，好些诗歌是我偶尔看到的，在民刊上，或网络上；有些则是用于编诗集，我每年都会编一些诗集，很多来源于这里。

那么，一首诗打动我的到底是什么？我想过这个问题，我觉得，是从诗歌里看到了一个人的初心。

这个说法有些玄妙，就以诗人王家新的一首诗为例吧，讨论何谓诗歌的初心。这首诗的题目是《黎明时分的诗》，全诗如下：

黎明
一只在海滩上静静伫立的小野兔
像是在沉思
听见有人来，
还侧身向我打量了一下
然后一纵身
消失在身后的草甸中

那两只机敏的大耳朵
那闪电般的一跃

真对不起
看来它的一生
不只是忙于搬运食粮
它也有从黑暗的庄稼地里出来
眺望黎明的第一道光线的时候

一只海边伫立的兔子，对于晨曦的敏感，也就是对于光明的敏感，是这首诗的"诗眼"，诗人捕捉得恰到好处。这只兔子，我总觉得其实就是诗人本身，一直保持着对生活、对美和世界的一种敏感。这种敏感，源于还没被世俗污染的初心，也就是李贽说的"童心"和"赤子之心"。

诗人的童心、赤子之心，就是不管多大年龄，不管经历过多少，你看世界还是依然感到很新鲜很陌生的，仿佛是第一次遇见，给你带来惊喜，给你带来激情，让你热爱。这是诗意的源泉。

只有这样纯粹的心灵、这种初心，才会有细腻细致的感觉，感觉到和发现世界的种种美妙。王家新虽然常常被称为知识分子写作，但始终没被烦冗的修辞技术淹没内心的纯真敏锐。按敬文东的说法，王家新是"用心写作"而不是"用脑写作"的。

好的诗歌，源于诗人初心的觉醒，同样，也会唤醒读者的初心。我也有一首类似的诗歌，题目叫《黎明》，也是写对黎明的强烈意识。最后结尾是这样写的："晨曦渐渐地掀开蒙昧世界的帷幕／我猛地意识到：这就是黎明／能意识到黎明的人，就是一个诗意的人。"

对这首诗，作家刘亮程是这样评价的："少君被称为自然诗人，他以'自然为师'，在现代山水中，寻求连古及今的人类永恒诗意。他是'能意识到黎明的人'，而黎明正是他诗歌中发现的巨大自然。"知我者，亮程也！

这个选本里的诗，我看重的就是这种初心，一见之下就被打动，然后保存下来，过了一段时间后再读，还能被打动，就选在这里了。

但诗无止境，诗歌还需要更高的境界和修辞。根基仍然要源于诗人的心的觉醒。我近些年对诗歌强调"人诗互证"，人诗应该对应，人诗应该合一，其实也是强调这种诗歌的初心，因为这是诗意的起点和源泉。没有这个，再多的修饰也是徒然的，正如程颢称:"若只是修饰言辞为心,只是为伪也。"

明末王夫之在家国大变之际,藏于深山,系统地对传统诗歌审美做过梳理总结,在强调"情景交融"的基础上,提出"情、景、事"三者交融,他评点南朝江淹《无锡舅相送衔涕别诗》时说:"一时、一事、一情,仅构此四十字,广可万里,长可千年矣。"诚哉此言!诗歌,既是个人情感史、心灵史,也是生活史、社会史。这也是"人诗互证"传统源远流长、历久弥新的原因。

目 录

CONTENTS

第一辑　自然之美

1

第二辑　人世之情

第三辑　远方之念

第五辑　辽阔之想

第一辑
自然之美

黎明时分的诗

王家新

黎明
一只在海滩上静静伫立的小野兔
像是在沉思
听见有人来，
还侧身向我打量了一下
然后一纵身
消失在身后的草甸中

那两只机敏的大耳朵
那闪电般的一跃

真对不起
看来它的一生
不只是忙于搬运食粮
它也有从黑暗的庄稼地里出来
眺望黎明的第一道光线的时候

自　由

吉狄马加

我曾问过真正的智者
什么是自由？
智者的回答总是来自典籍
我以为那就是自由的全部

有一天在那拉提草原
傍晚时分
我看见一匹马
悠闲地走着，没有目的
一个喝醉了酒的
哈萨克骑手
在马背上酣睡

是的，智者解释的是自由的含义
但谁能告诉我，在那拉提草原
这匹马和它的骑手
谁更自由呢？

西峡小镇

西　川

偶然经过的镇子，想不起它的名字。

我在镇子上吃了顿饭，喝了壶茶，撒了泡尿。

站在镇中心那片三角广场上，向北望是山，向南望也是山。

四个男人和一个女人走动在镇子上（不可能只有这么几个人）。

一条狗从一座房屋的影子里蹿到另一座房屋的影子里。

生活几乎不存在，却也虚虚地持续了千年。

没想到我一生的经验要将这座小镇包括进来。

没想到它不毁灭，不变化，目的是要被我看上一眼。

丹青见

陈先发

桤木、白松、榆树和水杉，高于接骨木、紫荆

铁皮桂和香樟。湖水被秋天挽着向上，针叶林高于

阔叶林，野杜仲高于乱蓬蓬的剑麻。如果

湖水暗涨，柞木将高于紫檀。鸟鸣，一声接一声地

溶化着。蛇的舌头如受电击，她从锁眼中窥见的桦树

高于从旋转着的玻璃中，窥见的桦树

死人眼中的桦树，高于生者眼中的桦树

被制成棺木的桦树，高于被制成提琴的桦树

凉 亭

胡 弦

要走很远才能到亭子那儿，
——它在河汉、草木深处，等着人走过去。
它并不知道是它在帮我们
把风景，从沼泽中取出。

木栈道延伸着，有叙述所需要的全部耐心，
在薄雾中，感觉有点摇晃，
但走在上面，很稳。

大海真的不需要这些东西

姚　风

在德里加海滩，大海
不停地翻滚
像在拒绝，像要把什么还给我们
我们看见光滑的沙滩上
丢弃的酒瓶子、针筒、卫生纸、塑料袋

我们嘿嘿一笑，我们的快乐和悲伤
越来越依赖身体，越来越需要排泄
光滑的沙滩上，是我们丢弃的
酒瓶子、针筒、卫生纸、塑料袋

但大海真的不需要这些东西
甚至不需要
如此高级的人类

湖　边

李　瑾

夜深人静，万物借助黑暗收回了自己
蝈蝈和青蛙的叫声提醒我，一切消失
不见的只是隐匿
而非逝去。现在，我走在湖边，鱼儿
不能够挽留微波，就释放出满天星星
夜色无法挽留我
就留出一条曲折的石板路，石板将我
和行人送往远处，然后迎来无数晨曦
一声惊雷又如何，一旦响起就会空手
而归，就会撞碎空手而归的另外一个

雨　水

火　棠

像一阵风般，用寂静按住胸口的狂烈，借口是春天

想你，盘旋于一棵枯萎的梨树间。旧日，我用谷粒召集而来

的麻雀

围绕着你的衣衫，为你，在枝头啄出碎雪新芽

几朵梨花——几个日子洁白的魂魄，开放于阴沉的别时

掉落在我的脖颈里，你轻声吐露的言语

呼出的热气，那些吻，是一滴雨水，屋檐下，没有根的雨水

从我的身体里，洞穿而过

江南忆

西　渡

顺水船停下八支桨，远行人经过
梅花、杏花、李花、乡村和集镇
在南方，山水亲切
如灯下笑靥对镜看
水在山怀，山在水怀

山总揽万物，水擦去万物
又恢复。山水的百宝箱打开
一层层欢喜。在南方，山水恍惚
稻田倒映白鹤的闲心
八桨高举，逆水船载回旧时人

报春鸟

庞 培

黄昏时有一种鸟

仿佛溪流浸溅的金子

连我书房的窗户也闭上眼睛

因为只有闭眼的瞬间

才能捕捉那鸟的光亮

——逝去了——夹在众多卵石、泥沙中的

光阴碎金!

没有多少白天能够证明你的存在

没有多少黑夜享有你的温馨

当夕阳西下,如同蒙古大军的帐篷!

那是早春的天气

黄金从天空飞过。美丽的绿树林

群山、荒野在一派蛮荒的人世间

屏息凝神。人不在这凝神的行列

虽然灵魂偶尔也呼吸，也振翅飞翔

潺湲的油菜花田、柳树和简陋的
村舍，它们的耳语披上了春装
我知道寂静的飞鸟最终成形于大地的
幽暗岩层需要流浪者最隐秘的去向
我也知道溪流之上，去年的积雪

草原之夜

人　邻

夜，又美又宁静。

草原无边，星斗满天。

我身边的那个女人，又美又宁静。

我舍不得睡去，

甚至舍不得遮上薄薄的窗帘。

夜真的又美又宁静。

似乎谁醒着，草原就是谁的。

我甚至舍不得叫醒那个

静静地睡在我身边的年轻女人。

蒙古马

龚学敏

一道夕阳的创伤。整个荒原已被点燃

草，红色鬃毛一般，奔跑到天际

天空越来越黑，像是长鬃刷过的漆

蒙古包里的灯在风中诵经

秋风再长

也长不过它点给牧人的光亮

草原返青，百灵用鸣叫擦拭蓝天

春天们奔涌而至

那些马嘶，是她们的高贵盛开的花朵

人们用长调侍奉春天，越悠扬

草原越辽阔

蒙古马背上的上苍越仁厚

把草原的锦绣跑成温暖的袍子

披在春天的人们身上
跑成烈酒，献给天地，和它们一茬茬
生长的精灵
跑成琴声，江水一样长

一个浑圆的句号
地平线上的农耕越渐式微，作为牧风者
雪原盛大，所有的风都匍匐在你用时间
植成的森林边缘

消融的必是腐朽
万物沉寂，一个站立便是整个春天

回春曲

陈　勇

那么丝滑的风披在肩上
你触抚过的每一寸岁月都有了质感
也便有了沁骨入髓的归顺
那些风，都听从你玲珑的脚步
听从这暮光之城里你留下的台阶
越美的背影，越容易把一条街道划伤
天仍寒色，我回春的门把手
却被你不经意间，吱呀一声，扭开了

在岸边

符　力

冰消雪融。清溪重获天才演奏家的灵感

旧时琴声回到小小的山村

花枝插遍原野。孩子们的纸鸢

慢慢飞升，越飞天越蓝

雨燕归来，穿柳丝，越湖面

过水田。命运为轻盈之人敞开千万条去路

我没有追问，我在岸边寻思：

大地到底做了些什么，才获得如此浩荡的赏赐

莺燕曲

张德明

黄莺与紫燕，春天的两个贴身丫鬟

大自然的万千宠爱集于一身

在柔枝间上下弹跳，吟唱春曲

将四月的欢乐情绪，演绎得有声有调

其实再婉转的歌喉，也屈尊于俗常的生活

当你在田头地里，偶见它们

寻食昆虫、浆果、草籽，带着慌张的神情

一种闪电般的诧异与陌生，会从心空划过

水　牛

康　雪

它吃草的样子，真是温柔
它的尾巴
甩在圆圆的肚子上，也是温柔

它突然侧过头看我，犄角像两枚熄灭的
月亮，但它的眼睛
黑漆漆的，又像蓄满了水

我们短暂地对视，再低头时
它脖子上的铃铛发出
轻微的响声——

我们就这样交换了喜悦，我们将
在同一个秋天成为母亲

春天颂

梁书正

田野上，和一头牛在一起
父亲就有了天和地

灶屋旁，与炊烟在一起
母亲就有了日子

小路旁，牵着花朵们的手
女儿就得到了春天

稿纸上，刚要写下"春"这个字
春雨送来了墨水
阳光握着一支明亮的笔

湖边人家

叶菊如

这片水域唯一的院落，是神秘的

它用一只大黄狗

一个男主人

几缕出没无常的炊烟

阻拦我们的离去

铁山水库隐居于洞庭湖边

无人能懂的

闲寂，从男主人口中说出

依然无人能懂

绕过湖边人家，我们在雪地里

闲聊，呆望，渔船上

有一只鸬鹚展开了翅膀

也许，下一秒

能逮住一条红鲤。而雪正慢慢地飘下来

仿佛是，走捷径的书信

一棵枣树

刘　娜

我说的是

玉竹坪老刘家门口，池塘边那棵

如果它也会甩掉脚上的泥土

来到小区楼下空地

晚霞是否还会在树上挂红色的果子

一根竹竿搅乱绿叶中的宇宙

无数星球坠落

唇齿间，甜蜜的味道

那天我们绕着池塘不停地走

我说那里曾有过一棵枣树

执竿少年拾起一块小片石

瞟一眼那块空地

早已愈合的泥土上是零星野花

好像是有过一棵，他说

小片石擦过水面跳了几步

轻轻沉入水底

阳光明媚

熊　芳

春天慵懒，阳光明媚

那是神在抚摸万物

连骨头都想发芽

我想自由生长

与万物一起，交出

自己的清白

一些小孩在白云上奔跑

归来时已是游子

一些老人坐在墙脚

用皱纹收藏阳光，这么多年

这么多年过去

连回忆也变得温暖

每条小路都通往春天里的烟冲

陈群洲

油菜花开过的原野，就像经历爱情的
女人，明显多出几分妩媚

勤快的蜜蜂最先得到了奖赏
只有她们知道，春天为什么是甜的

枝在高处醒来。小草有蓬勃长势
冬天从来不会真正死去，大地舒展一下
它就活了过来。春天，就完成了
分娩，就在一幅油画里重生

每条小路都通往春天里的烟冲
风从水上来，一阵一阵
柔情得有些夸张。满头红妆的茶花
多像羞涩的邻家小妹
准备出嫁

洞庭渔樵

——赠汤青峰

胡述斌

你从那多水之地而来

唱着资水的号子

哼着洞庭的歌谣

汹涌的波涛啊

浩渺的波涛

时时拍打着你的心堤

那如鼓的声响

让黄鹂四散

让燕雀高飞

你独自撑着乌篷船

逆流而上

长长的水路啊

何处是你的涯岸

借问酒家何处
杜甫破旧的长衫还在江阁飘摇
就在这里吧
弃舟，上岸

不要以为
杜工部有酒款待你
他也只是一个匆匆的过客
一千多年前，他赊的酒账
至今仍未还清

城市是少水的地方
是生长钢筋水泥的地方
渔网和柴刀自然应该丢弃
即使你胸中能带来八百里洞庭的湖水
也只能在钢筋的缝隙里静静流淌

好在
你终于发现了一个岸
一个杨柳依依，洒满甘露
一个值得你终身停靠的岸

洞庭的波

在你的胸中翻滚

澧水的浪

在你的心里涌动

资江的号子

在你的血脉里吼叫

吼叫

遇见白鹭

袁馨怡

如此优雅

转身即见一群白鹭

伫立在荒凉的湖面

俯身向黑色的湖水寻觅

命中注定的意象

——鹭

蕴藏在洁白躯体里的时间

古老，又静寂

在这里，风永不停息

暮色从远处将我们包裹在一起

为了凝望你，我忍受冷风

片刻的美被安放于高楼之间

在被夜晚浸没之前短暂地

停留，然后飞回它们的岛屿

霜　降

顾春芳

还来不及褪去最后的一缕绚烂
在隆重的谢幕中隐退，
就被这突如其来的苍凉覆盖了
光辉的余韵　秋天在四季的枝头坠落。

燃烧的枫叶瞬间收熄住蹿动的火焰，
遗落了去年此时的缤纷。
灰色的霜冻　把它提前交还给命运，
寒气和僵硬从大地的深处潜行上来。

花瓣卷拢　果实委顿
那曾被十月感动的青空和斜阳，
也变得忧郁和阴沉，
幽寂地徘徊在枯芦和败草的叹息里。

还来不及酝酿好别离的心情，

大地就这样苍白得一发而不可收。

在这不可收的苍白里，

如何能整理出一些快意和情致。

在那积雪和浓雾的黄昏，

不至于快速地暗淡了年华。

这一场突如其来的霜降　借着你

正好从容我那颗凌乱而又惆怅的心。

晨　景

袁　恬

明亮的一日始于

空气中凝聚的寂静

窗口颤动的碎凉

鱼群般涌进神经

事物倾斜以迷人的锐角

风擦亮了喜鹊

放大了玫瑰怦怦的心跳

玉兰努力钻出懒梦

流浪汉柔软的欠身背后

朝霞用大师手笔

把过往的人群抹匀

秋　天

高　欣

秋天站着，穿着灯罩一样的衣服
摸不到灯在哪里
秋天说话，发出地下室一般的声音
一个男人偷喝了水缸的水
秋天抽烟，在树林间落下冰糖
枫叶也有些没有烫好
秋天看我，像看一个在家门口玩耍的小孩
差点吞掉玻璃弹珠

秋天会来，我在六月二十八号就知道
一百个人一起拽它
也不肯住进大房子

秋天不凶，但它想什么没有人知道
很远的海洋想问候很远的海洋
就往秋天里放一只鸟

桃花源

胡丘陵

这也是一片热闹的桃树

那也是一片热闹的桃树

其实，我不想看芳草鲜美

只想听小鸟在一棵杂树上

轻轻教导

其实，我不想看落英缤纷

只想看稻穗低头守护着良田美池

默写油菜花开

金黄的声音

其实，我不想他们

设酒杀鸡，热情接待

只想安静地躺在草地

让水牛

用鼻孔的粗气

将我唤醒

两座森林

李　笠

它们控制着我的散步，这两座森林！
一座在屋子的前面，一座在屋子的后面
我爱在前面的那座散步
我熟悉那里的一切。走神，也能听见脚下
静夜的书写声，那抵抗虚无的活动

但现在我走入后面的那座
白桦、枫树……和离弃的那座一样
唯一不同的是那条灌木掩映的小路
它陡峭，布满锋利的石块
我攀爬，我膝盖的骨头响成风暴中断折的枝杈

秋天里的事物

林　莉

正是收稻时节，田野饱胀着生育的气息
成群的稻子凝重、饱满，热辣辣地铺排开来
太热烈的事物总让人无端生出绝望感
所有的声响都渐渐弱下来，只剩打谷机单调
地转动，操镰的那几个女人看上去疲惫而迟缓

田野真大，茫茫的一片，在其中劳作的人
是那样小而孤单。稻浪再大些就能把她们淹没
在一株弯腰的稻穗里这些简单的人浑然不觉自己
植物的一生正被消耗

蟋　蟀

孟冲之

蟋蟀，这瘦小的草根歌手
一架古老的织机，改装成秋天的乐器
你是叫卖失眠的小贩
你是夜晚铁幕下的破绽
是水龙头上永远关不紧的水滴

在草丛中，在瓦砾间，在床底下
你和我彻夜长谈，挑拨着
流浪诗人和一个时代的关系
你用诡秘的言辞刺探寡妇的隐私
以赚取眼泪这苦涩的薪水

和一位宫廷音乐家多么不同啊
它们用快乐加速快乐
而你用哭泣安慰哭泣

玉　兰

陈鹏宇

仰望一棵玉兰树

成为自然气候的完美代表

身下，泥土留存着千百年前的潮湿

躯干纹路，堪堪容纳着世间闲美风物

遇见春风，如同遇见爱人

一身小情绪怦然迸发

随着日光、月光奔涌泛滥

羡慕花虫，舒适地享用整个春天

秋风里的千年麻栗树

田　君

我在午后的艳阳里仰望这棵树

努力想象它曾经经历的过往

并由衷地佩服它的坚韧

千年何其漫长，需要巨大耐心

此刻的树在秋风中抖动

那些已经枯萎的叶子像羽毛一样飘落

她们在空中短暂地旋转，飞舞

每一叶的降落都堪称完美

我突然明白，这就是树的辩证法

春天叶荣，秋天叶枯

不惊，不喜，模范遵守山规和树道

始终保持作为一棵树应有的风度

第二辑

人世之情

故乡曲

江　非

白菜是最白的女人
大豆是最大的孩子
高粱是最高的男人

在那里

土地是最土的布匹
牛厩是最牛的房产
羊皮是最洋的服饰

在那里

宽恕是最宽的河流
小气是最小的垃圾
善良是最膛的肉汤

在那里

传统是一直流传的诗经
老师是一直不老的孔子
远方是一直遥远的新娘

顿 悟

伊 沙

夜深人静

做贼一般

偷偷潜入

他人博客

看看我爱的人

看看我恨的人

退出来时

不忘扫掉

自己的脚印

我顿悟道

人活一世

来世上走一遭

也就干了这点儿事

江　湖

车延高

一棵树，种在云彩上

拴一匹骏马，让路休息

心解开纽扣，坐在返老还童的地方

陪时间品茶

一把一把

替远方的日子洗牌

等她眉清目秀从双井站来

一团紫云坐下

窗外，好明亮的半月

榕树、紫薇、丁香

她额前一排刘海儿，天的屋檐

比我高

我已老于江湖，披头散发

吟风摆柳的手替镜子梳头

看她左眼

古渡口，一叶横舟被昨天搁浅

看她右眼

老墙外，千顷芦花替自己白头

冬 日

杨 键

一只小野鸭在冬日的湖面上，

孤单、稚嫩地叫着，

我也坐在冰冷的石凳上，

孤单、稚嫩地望着湖水。

如果我们知道自己就是两只绵羊，

正走在去屠宰场的路上，

我会哭泣，你也会哭泣

在这浮世上。

亲　人

雷平阳

我只爱我寄宿的云南，因为其他省
我都不爱；我只爱云南的昭通市
因为其他市我都不爱；我只爱昭通市的土城乡
因为其他乡我都不爱……

我的爱狭隘、偏执，像针尖上的蜂蜜
假如有一天我再不能继续下去
我会只爱我的亲人——这逐渐缩小的过程
耗尽了我的青春和悲悯

碧 玉

李少君

国家一大，就有回旋的余地
你一小，就可以握在手中慢慢地玩味
什么是温软如玉啊
他在国家和你之间游刃有余

一会儿是家国事大
一会儿是儿女情长
焦头烂额时，你是一帖他贴在胸口的清凉剂
安宁无事时，你是他缠绵心头的一段柔肠

珍 藏

刘笑伟

我准备把一点一滴的阳光

捧在手心里，都珍藏起来

我准备把山林间最清新的空气

一点点收集，放在一个密闭的罐中

我准备把吃到的美食

做一个备份，留住它们的芳香

我准备珍藏一张洁白温暖的

手帕，宛若春日蓝天上行走的云

他们日夜奋战在医院的房间里

我要把阳光留给这些人

他们戴着厚厚的面罩，穿着密不透风的

防护服，我要把甘甜的空气

送到他们的唇边，迎接这些人凯旋

用美食代替盒饭，用白云擦去他们脸上

层层叠叠的汗滴和印痕

从今天起，我坐在春日的繁花中

每天凝望着他们：火神山里没有神

只有天使，用翅膀为我们挡住人间的风雨

汨罗江边的屈原

李元胜

乌云密布，一个读懂了万千雷霆的人
还能有什么别的命运
楚国已到尽头，雷鸣声中
十万伏电流正经过他
也许不止从天而降的不测
还有十万山鬼，十万少司命
借过，借过，十万横世之水
曾经的日月星辰，也要经过他重回九天
汨罗江就是在那一刻变轻的
它跃起，扑向他，成为他的一条支流

让他们安静地睡一会儿

赵晓梦

凳子上蜷缩着一个人，椅子上

躺着一个人，桌子上趴着一个人

地上并排睡着一群人……凌晨两点

当忙碌一天的医院安静下来

他们也安静下来，合上疲惫的眼睛

进不了食物，甚至来不及脱下

口罩和防护服，就那么睡着了

睡得那么不讲究，仿佛

给个支点就能当床用

睡得那么酣畅淋漓，仿佛

这辈子从来没睡得这么舒服

这是一天中难得的中场休息

与病毒厮杀，耗尽了他们的体能

时间再伟大，有时候也不作为

既然死亡动了恻隐之心，悄悄

按下了暂停键，就让他们安静地

睡一会儿吧。尽管睡姿狼狈

却足以刺痛任何一双眼睛

即使作为对手的病毒，此时都不

忍心打扰他们

只有睡着了，他们的眼神才不会

拐弯。这些疫情中的最美逆行者

他们在岗位上的凌乱睡姿，纠正着

我们眼泪的偏差，也纠正着我们

对生命的认知。骤然收缩的心房

不只是疼，还有某种卑微

与温暖

守 夜

龙巧玲

每次夜班都遇见宾馆值夜的大哥

窝在大厅沙发，缩成一只茧

几次想问，我和他到底谁的岁数大

真是的！现在了还问啥？

病毒已疯了，不管是谁都侵蚀

他手机反复播唱韩红的《天路》

一定是想让武汉

和西藏一样是一片净土

每次叫起他锁门，他总是道歉：

武汉对不起你们！连累了你们！

武汉大哥

迫在眉睫的不是计较对错

捆在一起，我们吃一锅饭

呼吸同样的空气，面临一样的生死

天气预报说，武汉要降温了

雷电，大风，冰雹，暴雪

你在军大衣里缩紧身体
缩进内心的风暴，假装
听不见这个坏消息
半夜，我送去了一点食物
沙发里的身体发出鼾声
让我久久止步。是的
不要惊动一个人睡觉
让他回到中年人的日常
让他在梦里享受子孙满堂

几多风

盘妙彬

河流从古代出来
两岸竹子一路相随，蜿蜒数十里
突然公路上坡，坡上又有弯，有风
摇曳的竹林低头之时
山腰间露出一座桥梁，甚是妩媚

桥上过去，是另一个县
沿桥头两侧向下，房屋顺山而筑，临水而建
倾斜的街道又有弯，又有竹子的腰，又有风
我忆起一个少年俯冲奔跑的力量，一只小豹的腰
一闪
一去不复还

这里的河水几多湾，竹林的梢头几多风
其间几多田亩，几多村舍，几多池塘，几多橘子的果园
雪白的阳光下淡蓝的远山在跑马

倏地，美有了高度

美有了一个好看的腰，山之腰，水之腰，竹之腰，风之腰

问路一个初中女生

她十五岁的眼里几多秋水，几多未知

她走开时留下竹子的婀娜，竹子的风

这里几多美不足为外人道，过路人几多惆怅

候车室

叶 辉

凌晨时分，候车室
深邃的大厅像一种睡意
在我身边，很多人
突然起身离开，仿佛一群隐匿的
听到密令的圣徒
有人打电话，有人系鞋带
有人说再见（也许不再）
那些不允许带走的
物件和狗
被小四轮车无声推走
生活就是一个幻觉
一位年长的诗人告诉我
（他刚刚在瞌睡中醒来）
就如同你在雨水冰冷的站台上
手里拎着越来越重的
总感觉是别人的一个包裹

汉阳树

黄　斌

崔颢在黄鹤楼上看到的汉阳树
我们坐公共汽车从钟家村经过的也是

每一株长在汉阳府的树
都是更具体的地名的守望者和接引者

作为经过的旅人　我们并不懂得它
因为它仅属于一个独有的家的安稳和宁静

它是仅此一家的甜蜜的妻子
它的孩子们在树下嬉戏　但都不会离开它的树荫

华西路

林　珊

后来的日子，她独自

居住在华西路那栋老房子里

她一个人按时吃饭，睡觉

一个人提着菜篮子，小心翼翼

过马路，逛集市

新年过后的家庭聚会

是他离世后的

第一次家庭聚会

她穿了一件对襟花棉袄

坐在偌大的餐桌前

笑容可掬

整个夜晚，那些新年祝福

那么古老，那么美好

整个夜晚，关于那个缺席者

和那场葬礼，再也无人提及

啊，这样多好。春风化雨

山茶树上即将长满新枝

她的暮年

没有一丝缝隙

独白或者其他

马泽平

你之后我不想再遇见什么人了

遇见谁也没有用

我只愿意把感动过的故事再讲一遍

给你听

栀子花落了，白桦林下雪了，火车就要开往南京了

可能这就是最美好的爱情

两个受够清苦的人

早晨醒来，发现再也没有什么，值得我们去恨

一截废弃的铁轨

王馨梓

脱离人群有大孤独和大自由
文昌巷是一条被常春藤和旧砖墙
占领的寂静小巷

把手机调成自拍延迟模式，放在砖墙下
远远走过去，寂静的背影咔嚓定型

巷子尽头有一截废弃的铁轨
右边是修鞋摊，左边是泛黄的道口
铁轨被野草鲜花占据
依葫芦画瓢，又一张背影咔嚓定型

一截废弃的铁轨如何在繁华中隐身
它又通向哪里

这并不重要，重要的是，它保持了

通向远方的姿势

六张床铺

梁甜甜

铁架杂乱地摆放在门口
空调管线裸露，沾着陈年尘垢
房间像火柴盒：三张上铺
三张下铺，接纳六个女孩的
兴奋与忧愁

女孩们习惯各异，亲密又陌生
每一个天明，都唤醒她们沉重的身体
和轻盈的梦想。而常常是
夜里，下铺酣睡，上铺失眠
幽深的黑暗中，一双睁开的眼睛微微发光

当窗外的梧桐叶绿到最深处
当街角的枝条提出石榴的红灯盏
女孩们先后离去
那六张床铺仍然没有空下来

像往年一样，又开始接纳六个女孩的

兴奋与忧愁

转　山

侯　马

业余，他给探险家当向导
驮着他们的行囊
在地球的最高峰
爬上去，爬下来

他自己的事业
是转山
在巨峰脚下匍匐
经年累月地寻找自己

高原上的客车司机

西　娃

前面出车祸了

他跳下车

采了一朵

野花

走上车来

送给一个女乘客

再摘一朵

送给

另一个女乘客

这样来来去去好多回

车上的老少女乘客

手上都有一朵

他采摘来的

格桑花

报恩寺那口古钟

汤养宗

没有一种存在不是悬而未决。在报恩寺
我判断的这口古钟，是撷取众声喧哗的鸟鸣
铸造而成。春风为传送它
忘记了天下还有其他铜。天下没有
更合理的声音，可以这样
让白云有了具体的地址。树桩孤独，却又在
带领整座森林飞行。这就是
大师父的心，而我的诗歌过于拘泥左右
永不要问，这千年古钟是以什么
力学原理挂上去的。这领导着空气的铜。

绝 顶

蒲小林

山已经被压得很低了，这只鹰
还在使劲地往下压，直到满天的云
被一缕缕压落山腰，它才静了下来
随着这突如其来的静，让群山，转瞬
矮下了身子，但很快，这静就耸立起来
比鹰的翅膀，高出了很多

于是鹰再次发出了摄人心魄的怒吼
它要越过这静，扶摇直上，它要踏着
吼叫声里最陡峭的一声，最终成为绝顶
当隐约的回音从鹰的上空反弹下来
鹰这才发现，它竟然比自己的叫声
还低了很多

邮差柿

安　琪

是柿树挂起小灯笼的时候了！
是你窥探的欲望藏不住的时候了！

是你喊我出去的时候了！
是我胆怯犹豫又暗怀甜蜜的时候了！

是深秋的邮差改换绿衣的时候了！
邮差邮差，你红色的铃声不要那么快疾驰过我的家门
我还没写好献给他的抒情短章。

他张挂在我家门旁的小灯笼夜夜散放羞涩的清香
柿树柿树，你树叶脱尽难道只为让我看到他的心事如此
坦荡，不带一丝遮拦？

我反复在心里说的话翻墙而过

每一句都被高大的柿树听见，每一句都催促着柿子走向可以采摘的那刻。

在下乡的日子

范剑鸣

在下乡的日子，懂得了分享

泥泞和坑洼，严寒和酷热

风尘和希冀……如果汗水由于细微而无声

似乎证明：一个人的肉身

可以与大地关联得多么紧密

不必究问：那些青山绿水

为什么偏安一隅？口舌和策略

以及奔涌的书生之见，正好可以

从那些来不及进化的头脑里

找到纯朴和爱——是的，寒门找出良善

总是比找出忧患更容易

隐约相信：每一条道路都通向灯火

每一道屋檐都可以避开风雨

多少个晨昏，俗务和风雅

竟源于同一条道路。就像梭罗的乡村岁月

湖边的万物，可以安享，和修炼

眺　望

孙　捷

站在从江县大歹村眺望四方
只有收敛心神，才能压住内心涌起的波浪
苏醒的大山表面绿色奔涌
好似有一万面铜鼓在敲响

一条蜿蜒公路，坚挺、明亮
终于为这世居深山的村落
确定了异常清晰的走向
也将实现大山沉睡千年的梦想

当然，陡峭本是山的傲骨
几处小小的塌方营造出生活的悬念
一群忙碌的身影仿若野花
点缀在道路的起点和终点之间

独居深山的民族，已经在荒凉中

跋涉到了一个新的芒种时令，我听见

大山脚下，一群站在操场上的孩子

正在大声表达对这片土地的一万种设想

老屋（外一首）

琬　琦

搬进危改房后，老屋日渐荒芜

瓦片疏松，漏下雨水

泥砖墙一点点溃软，长出乱草

蚂蚁、蜘蛛、老鼠都来做窝了

一只被抛弃的小小摇篮里

蹿出一株蓬勃的野桃树

王小芳清理了瓦砾和木头

将泥砖一块块敲碎——

都是上好的肥土呀。引来山泉

种上百香果。果熟季节

每天都有人下来收购

这也是一笔收入，要记入帮扶手册

她邀请我去看百香果

烈日下，躲在果棚的阴凉里

她说，这里以前是老屋的厅堂

穿堂风很凉快的
百香果的叶片在我们耳边
沙沙作响

梯　田

从山脚铺到山腰，梯田
层叠的空杯子
谦卑地等着雨水眷顾
贫困户覃天海细心地填堵田埂的空隙
刚抛下去的秧苗
被春水轻轻扶住

这是优质水稻，有产业奖补
更要精耕细作了

当秋风打开所有的光芒
大山与光阴的厮杀告一段落
战士披着黄金的铠甲
覃天海在起伏的稻浪里打捞粮食
把腰弯成了一只小船

蜻　蜓

李松山

它们一定把我当成了一截乔木，
或有别于青草的另类植物。
它线扣一样的小脑瓜，
一双薄翼发出"嗞嗞"的低响。

它们还没有完全抵消
万物的危险性。
在我周围，在我的帽檐和衣领上。
这让我感到幸福，除了几只羊，
我又多了几个朋友。

下午的火炉

一　度

记得下午的火炉

不断地加炭

屋内温度越来越高

想起儿时的煤油灯

母亲在我写作业时

悄悄拨亮灯芯

贫穷就那么简单

一截灯芯都能让她心痛不已

有关婚礼的一天

苏笑嫣

我离开黑夜中的婚礼场地 那里

所有人独自送上热切的祝福 在草坪上 在餐桌旁的

混合花束里 那里 幸福沙漏般迟缓

夕阳幻想般燃照过新娘枫糖色的脸

但这一天的美并没有结束 当黑夜的左手

涂抹远离城区的高架桥 一个中秋的巨轮圆月

在道路上空腾起 壮丽宣示着古老的权力和诗篇

这景象动人心魄却令我哑口无言

事实是：渴望 我喉咙中的词 欢愉的闪耀

那些触动我的瞬间 我都渴望你坐在这里一起看见

当我踏着崭新的风穿过明亮街灯的平坦

你在手机那头参与了我被爱恋夸饰的夜晚

这是它蜜枣般的起始

也是它升格般的完结

——爱人 如你的落水者

如圆月　我正穿越夜梦

孤勇而来

局部的苍凉

吴小虫

再一次在诗里爱上每一个人
理解他们的偏执，更理解他们的
悲凉。理解从生到死的一瞬
我的内心留下许多梦幻的脚印

已经无法再一次，黄河裹挟着泥土
冲刷干涸的河道，她的旁边
是世世代代居住的村民
种植着秋天就将金黄的玉米

和饱满的谷穗。看苍天大地
一生的起伏在河面上翻转
奔突，互相撕咬，而血和灰
就是过后平静的无欲的水面

谁能理解那局部的细小的伤口

他死于肺癌，他们死于缺乏信仰
而她和死对抗，挣扎的痕迹
又一次被淹没在堆起的浪花里

凉风吹来，吹在那滚烫的肉体
他感到无比轻松，任风将头发吹乱
没有比原谅更上升到星空
他站在河岸静静地哭泣起来

母　亲

蓝　野

怀孕的女人登上公共汽车
扶好车门里侧的立杆后
对着整个车厢，她很快地瞥了一眼
她那么得意
像怀了王子
她的骄傲和柔情交织的一眼
似乎整个车厢里的人，都是她的孩子

车微微颠簸了一下
我，我们，和每一丝空气
都心惊肉跳地惊呼了
——道路真的应该修得平坦一些
——汽车真的应该行驶得缓慢一点
很多母亲正在出门，正在回家
正怀抱着整个世界，甜蜜而小心

伯父和羊

李春龙

羊在高石头岭上吃草

像一朵被风吹落的云

继续被吹得四处乱跑

伯父只好用一根长长的草绳牵着

快 70 岁了跑不赢了

羊是 2010 年春天

从小一起长大的堂兄

花 700 块钱买回来给伯父做伴的

谁承想 2010 年秋天

在乡村小学教书的堂兄

就像一片树叶一样突然被风吹落了

伯父和羊形影不离

一起过了一年又一年

羊在高石头岭上吃草

伯父把草绳抓得死死的

生怕羊跑了

廉价房（组诗）

刘理海

河边街

四个冬天前，母亲煲的排骨汤
融化了满山的积雪，我们从上垅村走出
父亲去深圳时都舍不得带上腊好的板鸭

母亲在服装厂细心地剪着生活的线头
用剪刀把我前行的路修剪得平整
狭窄的廉价房，在一条巷子深处
巷头堆满城市的废弃物，巷尾的早点摊
每天清晨在一团团白气中开始营业

我每周来回在河边街奔跑
像儿时从龙湫潭跑回家，捧着一罐子鱼
裤腿和屁股上湿成一片

而我无法望到城市前方的乐园

无法在河对岸喊同伴的外号

只能每周跟母亲到电话亭跟父亲通话

而相同的话语甚至可以重复一年

双人床

楼道暗黑，所有的动静凝聚成

电视机的声音，阴森从天台盖下

空气中弥散着柴米油盐，真实可感的生活

于一个转角关入一扇木质房门

摩托车呼啸而过，街上的空气被窗户划分

一块热闹，一块寂寥；一块生机，一块虚无

空空的衣衫没有肉体充实，在风中摇摆

而街上有多少肉体也充盈着空虚

天花板，蜘蛛网长满灰尘

生活压缩成一张双人床大小

一袋大米一日三餐糊三张口

——母亲总是坐在板凳上发愁

屋顶

母亲在屋顶生火煮饭，太阳落在泰康大厦顶上

楼下的叫卖声漫上晾于竹杠的衣衫

葱和大蒜早已习惯泥土贫瘠的营养

却朝向天空，朝向飞过的鸽群

——这是母亲亲手栽下的葱苗，埋下的蒜瓣

河边街潮湿，屋顶积水

父亲从家具厂载回的刨花和木块是干的

在炉灶里吐着旺盛的火焰

而生活总是从此处散发温暖，弥漫米饭的香

空房子

一张双人床，一张桌子，一台电视机

几张板凳：父亲用家具厂的废木块钉成

一袋大米：父亲从街尾扛回来

几件衣服：母亲在屋后井边洗干净

几副碗筷：还残留着欢笑与泪水

早起，上班；母亲傍晚回屋顶做饭

父亲总是在街上冷清了才回来，有时

夜空有星星、月亮；有时夜空一片漆黑

难得遇上一个假日，房间里欢声笑语

或都默默地看电视，除此之外

似乎房子一直空空的

药

房间里总有一股中药味
党参、茯苓、炙草等配制的药挂在墙上
黑黑地散发苦味和病痛
床底下漆黑的砂锅，每天被火煎熬
母亲的肠胃病久久无法根除

外婆听说北门岭背有位算命先生
很灵。报上母亲的生辰八字
一炷香时间，外婆深深的皱纹笑了
母亲不迷信，但有时也陪着外婆去
算命先生的话是一剂良药
——让外婆心安

父亲陪母亲去过南昌、广东
也四方打探，寻访赤脚医生
昂贵的医药费让父亲每晚加班至十点
机器坏了，可以送去维修
半截指头带给父亲蚀骨的痛，却时常
在母亲、外婆、我的心中隐隐发作
深深烙在岁月的根部
可有一种药，能让父亲半截指头
在明年的春天长出？

即便皱纹满脸，她也依然是妙龄女郎

哑　石

她内心温暖，做了入殓师。

世事无常，生活的全部细节
成就着怒吼的桃花源，
以及反射在梦境中的光影：
她，一直静静地替逝者
做一些想做却无力做到的小事。

为溺水者穿上件丝绸素服；
早年浪迹天涯的琴师，
此刻阴囊干瘪，空谷壳般可笑，
这，需要她轻盈地摆放安稳。

至于惨遭横祸的多情少年，
优美，但已苍白的耳垂，
她也净手，温柔地按摩好一会儿

……需在极度寒冷、战栗中

才能学到的德行、知识，

每天，她都要如数家珍地演示！

一两个灯盏

董　玮

哄我睡下，娘才蹑手蹑脚去外间屋
编织苇席。一间屋子
两盏煤油灯的亮度足够

其实，一盏
也行；再昏暗一些，也行。手底下的活
熟稔了，可以不用光

于是，有一盏灯被娘巧妙运用：
娘把它放置在
一转脸就能看见我的地方

我蜷缩在被窝里，也隐约看见
另一盏灯发出的光
把娘的身影，放大到对面的墙壁上

妈　妈

侯存丰

我该怎样理解妈妈的疼爱。
养我的时候，家里头穷，
每每屋顶上难冒炊烟，
妈妈只有回姥家，负麦提油。

我已记不起姥家亲人的模样，
想是去了只顾找吃的，
现今他们已辞世多年，再也不会
有人记得，那曾经笼罩我们的饥饿。

妈妈会说给我听，
一个人在外面要记得吃好穿好。
她似乎忘记了我已结婚生子，
她似乎忘记了现在是承平年代，
已不愁吃穿。
她还沉浸在以往的日子里，

她还沉浸在自己年轻的时候，

孩子们围在身边要吃的，她艰难而知足的生活。

为你所有的可爱之处着想[1]

闻　畔

出生时，母亲的腹部再次受伤
那是手术刀精准探入的地域
是孤独的海湾，在撕裂的过程中
对抗着迷途的潮水和不稳的风

第一次受伤，是在多年前的夜晚
性情暴戾的丈夫醉酒，将拳头和脚掌
都摔向脆弱而敏感的夜色中
这是一段被原谅的往事，仅是偶尔作痛

时间小心缝合了母亲腹部的裂痕
也悄无声息地，将那个夜晚的伤口缝补
她孤僻又胆怯，在崭新的日子里
缓慢又小心翼翼地生长

---

[1] 出自安妮·塞克斯顿《爸爸妈妈之舞》。

她是被众人忽略的小孩，谨慎坐在桌角

为陌生的姐姐，剥开一粒粒

浸透砂糖的干炒瓜子

沾满泥垢的手，摊开无数质朴与真诚

宴饮结束后，人们回到畅谈的位子上

无人再提及令她失望的黝黑肤色

在沙发上，她拿着父亲的旧手机

滑动无止休的短视频

后来，她从凹陷的沙发里

寻得一只破旧小熊，一只岁月亏欠过她的

玩偶，如此安静与从容，仿佛是

人间赠予她的小份的幸福

三　姐

李　琬

远在南国的三姐祝我生日快乐，
跟我说在他乡离了亲人，一定
照顾自己，我说仍能感到家人温暖，
仍可以通过一个孤立的夜晚
回忆你火焰般的绯红衬衫、长裙。
成年的我身量也和你相似，
却再没有那样的阳光供我穿在身上，
像一只手曾领我绕过虫豸的尸体，
认识蔷薇或众多碎片聚集的气味。
你在四十岁上又添了小女儿，我说
三姐好福气，你确实满意，世界
从最后恪守清洁的乡野转变为忙碌的一隅，
种子包蕴的生长，从未变为理解的狭隘。
我这个做小姨的有些惭愧，
侄儿拉的小提琴我只听过两天，
也没记住过他们生日。

我羡慕你和姐夫，结婚十六载

还能在餐厅投身游戏，用深吻换得好食物，

你也不在意那些微小的错音，

这是你一贯的美德：宽容体谅，从不首先

计较自己的得失，把儿女和丈夫

当作人间的礼物。想到这里，我又反常地

思念起你低柔的嗓音，雨后天晴的平原落日，

你拂去座椅上的水滴，带我见识非同寻常的

树林，万事闪耀野兔绒毛般的白光。

其实完成这些并不费力，少女拒绝听从，

但也学会了削梨子、忍耐孤寂、节制地同情。

父母身体尚佳，你不必担心，他们刚刚问起

我的学费、定金，一边搜索英镑汇率，

我琢磨着腾出一些空闲打理

还未出手的旧书、旧首饰，省下买衣的钱

坐车，去你早已熟悉的站台看一看

那些太近了的、我还不太理解的生息之地。

温　暖

张慧君

我们在冷空气中走着时，

我给女儿指那又大又圆满的月亮看，

女儿说："月亮在带着我们回家！"

等到了楼下，她又说："月亮把我们送回家了。"

我没有理由喜欢这个样子的自身，

但你却像金子一样好，

你说出的每一句话都披着曙光。

想去赞美你却忧愁，这并非玩意儿。

但丁的一颗燃烧的心给贝雅特丽齐吞下，

他用光辉的语言写高贵的东西。

母亲为女儿激动时，她也着迷了。

又像先民发现了美丽的石头——玉，

匠人花费多少精力、劳动，

开始是对工具和日常用器的贵重模仿，

制造出不普通的玉器。

美浪费人工。当你睡了，

我吻了又吻，你娇嫩的脸，柔软的
手，你动了一下，翻了个身。
关上门，我在客厅的饭桌上读书，
上面的电水壶和玻璃杯，也是
高贵的。真的，平等被重建了，
在共同生活中，爱也不枯萎。

回家日

葭 苇

今天，母亲在厨房
煮两个人的饭。
她的手，要淘出世界上
最清澈的米水。
不为别的。对于此外
大部分事，她的力气
已不再富庶。

三十年，她的爱
仍是一颗白得透亮的米饭。
颜色，早已从衣饰和发色
剥落。她就时常
在那座普通的房子里坐着，
就坐着。
等候着生命中仅存的事物
形成相片。

那一日，女儿打扮成冬天的样子
出现在眼前。她的世界
就比任何人多出了一天。
下个春天，
还能再挤出绿芽吗？

多美啊！在她眼里。
一群人带着必要的欲望，
反复靠近。反复酝酿
必要的虔诚，
苛刻这份上帝的礼物。

她沉默了表达。
捍卫过许多日子的手，
垂于两侧。橱柜旁，
一种即刻降落的沉重来自身体，
在她踮起脚时。

红围巾

沈浩波

多少年没有在冬天回老家了

站在院子里，膝盖冻得疼

两年没回家，大伯的左眼就瞎了

大伯母也显得老了一些

妻子给她买了一条大红的围巾

重要的不是真让她在冬天戴围巾

而是好让她向村里的其他老太太显摆

我能想到她会怎么炫耀——

"我那个侄儿媳妇啊

还给我戴了一条红围巾

这么红，我怎么好戴？"

小　城

黄灿然

从邮电大楼敞开的高窗探出头
可以望见整座小城浓厚的寂寞。
枝繁叶茂的龙眼树掩映下的红瓦屋顶
在歌唱的凉风中增添了睡意。

芳心初露的表妹开始警惕外省电视剧；
她细眼睛的爸爸是一个典型的生意人，
爱打几圈麻将，爱喝两杯啤酒，甚至
爱弹一下吉他，但不爱她去外省读书。

从邮电大楼低层的高窗望出去
就是表妹浅蓝色墙壁的卧室，白蚊帐
随着歌唱的凉风翻飞，这些，这一切，
她臆想中善解人意的表哥都看在眼里。

不会发生

余 怒

有的老人容易被紫色控制。有的老人容易被
上楼梯时跳跃的轮廓线或书中的人体示意图控制。
我认识的一对有钱夫妇，在房子里
支起帐篷，待在里面，不愿出门。

如果我有那样的一本书或一幢别墅我也会。
坐在电脑跟前，想着这些没影的事，自个儿笑。
打印机接收了指令，噼噼啪啪打出一句
莫名其妙的话："被宠物咬了一口的她，醒悟了。"

上班的路上我差点被一辆卡车撞了，香烟
从司机的嘴角掉到他的裤子上。他抽泣着，
将车子停下，抓住我的衣领。他称呼我"死神"，
让我朝着无人的驾驶室叫几声，以唤醒他。

他身上有些东西我感到熟悉。那一年，我母亲

企图自杀，她的狗很懂事。它平时喜欢
在她的怀里没来由地抓挠，但那一天，
它没有。它竖着尾巴望着她，直到她没了勇气。

宴

——"六七"祭奶奶

张和之

砍柴

杀鸡

给灶神上香

晚风如酒的夜

我点燃柴火

把死亡留下的空隙烧得噼啪作响

相识不相识的人都已到来

搭台唱戏

锣鼓喧天

离别是场无尽的流水席

那么

请门前的野草

拐弯的小河
诵经不倦的蟋蟀
也进门喝一杯吧

死生
是场无尽的流水席

第三辑
远方之念

格萨尔王的马蹄印

阿　垅

说书人飘忽不定

四处漫游，不会留下确切的地址。

达拉河谷，青褐色的巨石上

一枚马蹄印清晰可见。

那是格萨尔征战凯旋

在此勒缰驻足，瞭望天庭

神马前蹄在石上踩踏出的烟火。

后来村民修建了祭龛

将其守护起来，供奉的香火日夜不断。

翻遍史记，未曾找到相关的记述。

我多少有些沮丧，但每逢深秋

耳朵背聋的丹增老人，依旧能听到

响彻天明的马蹄声。

我迎面撞上的那些人

谢夷珊

我迎面撞上的那些人，可以肯定

他们说的是马来语，刚从彭亨河汉下来

乘坐吃水很浅嘶鸣不止的机船

不知我们中间谁对他们呼喊

忽然间就传来他们的呼应

这是十月之初，一连下了几场雷雨

八百里两岸落英缤纷，肥硕鱼虾蹦跳上岸

众多黑燕不断在山崖上飞进飞出

喧嚣的午后，呜咽的机船

却有这么多纯朴的人恭迎我们

还有五颜六色的鸟欢喜地立在船舷上

说着 Apa khabar[1]（啊巴咔叭）

---

[1]Apa khabar，马来语，意思是"你好吗"。

神秘街

瑠　歌

我们在一条
空旷的街上
走了很久

街角的小牌子写着
"神秘街"

深蓝的天空
浸入了地上的一切
加油站的广告牌
甜甜圈店里的摇滚
卡车的车灯

它们只照亮眼前的路

从一座小镇

世界的中心

通往

另一座小镇

世界的尽头

穷巷牛羊归

苏奇飞

黄昏来临，燕雀叽叽喳喳，
用爪子拨开秸秆，啄食稻粒。
它们飞动的痕迹被风擦去。
而取水人的铅桶碰撞井壁的声音
被最后的夕阳镀上金色，
回荡在石灰墙壁间。
当牛羊乱哄哄地走过陋巷，
时间缓缓地从墙上滑落下来，
成为一道静止的幽影，
或者一声消散的呼喊。
母亲抱稻草的身影隐没于圈舍，
她与牲畜交谈的话语暗淡了。
如果从厩顶的破缺处仰望，
星星像蓝钻石一般闪亮，
就要下坠到你的颈项上。

小巷深处

辛　夷

雨水滴落
麻石板提高了几个分贝
回声，干脆利落

稚童带着潮湿的脸孔
走过。小巷的
缓慢没发生改变。这儿的
时间设置为暮年

老人和寂静挨着
孤独与青苔交换同等的漫长
一些门窗正通往遗忘

我的爷爷已经变得很轻很洁白
他挑着水桶出门就没再回来
雨水抹去了他的轨迹。雨在下着

我的房子

谭克修

我起初在左家塘单位宿舍二楼
和同事的几颗青春痘同居一室
用火锅炖一段生涩的恋情
后来在红花坡的福利房
用单车接回一个结婚证上的女子
后来在桂花城的五居室
把生活的有限和无趣
做成一个 205 平米的沼泽
亲手将 13 年的婚姻捂烂在里头

我现在的房子在福元西路 199 号
三居室，两张床，一张沙发
刚好住一个人，和一些想象的生活
一台跑步机，可以消耗掉多余的激情
两台电视机，常发出荒谬的声音
养几只股票和蚊子，用来把心情弄坏

那些越来越沉的记忆，用来

填充诗歌，和失眠的夜晚

再用更多的睡眠，覆盖住生命的虚无

而窗外，透过被政府遗弃的洪山公园

能听到更多的喧嚷

看见更多的落日，悬在高压线之间

母亲很多次偷偷读我的诗

左　右

母亲喜欢读我写的诗，虽然很多她看不懂

但每一个字读得很慢，老花镜不知擦了多少遍还在看

我不让母亲看并跟她抢，她就跟我干着急

有时候忘记了给父亲做午饭，挨了父亲的骂

每次像个小学生一样看着，看得我心疼，并开始

把家里的诗刊和报纸藏起来

她好多次趁我睡着了或者不在家的时候，拿着凳子坐在院子里

一边读一边翻字典，读给脚下正在啄食的小鸡听

读给凳子下斑驳的树影听

读给来往的路人听

读给立在她身后默默抽烟的父亲听

有时她发现我出现在门口，就会红着脸读，读给我听

织网的女人

东　涯

午后的海比一座空城安静
温顺地守着午睡的礁石
呼吸里安置了昨夜的细微激情

一只海鸥飞过，轻捷的
倒影远去。风吹海面，羞涩的波纹
荡漾在织网女人的脸上

遮阳帽上，粉红的碎花
捉弄着她此时的心情
女人一边织网，一边怀想

她偶尔用手抚一下露在外面的头发
抬头看看蓝天、碧海
看看身边的小黑狗、远处的渔船

渔船里忙碌的男人
还有身后的青石红瓦房……
所有这些都是她的

连同浪潮里涌上来的盐粒和幸福——
织网的女人坐在沙滩上
仿佛小小的发光的齿轮

在临湘监狱

剑　男

穿过南江河到临湘，我带着新婚的妻子
去看望我的一个朋友，河水快干涸了
像秋天缩紧了身子。"迟早有一天
我要他付出代价，迟早。"我路过
十里铺时想起他去年的那句话
那时我的朋友在八角亭中学教物理
他娇小美丽的妻在一家保险公司做文员
绯闻在她和她的领导之间像霉菌一样
让他喘不过气来，终于在春天的时候
手无缚鸡之力的他把一把尖刀
捅进了那个大腹便便的男人的心脏
偏左的位置，到秋天的时候，他就
被送到临湘监狱了。今天刚好一周年
我和妻子走过一大片收割的稻田后
终于到达监狱门口，在接待室，我
发现他变得黝黑和健壮了

"我刚挖完水沟回来。"他挺了挺身子

我从背包拿出带给他的香烟、火腿肠说

"在这里还习惯吧？"只见他眼睛

突然红了，说："你以为哪里不是监狱？"

语言还是和从前一样充满锋芒，我

赶忙给他介绍我的妻子雅儿，他

笑了笑，说："这也是监狱，甜蜜的监狱。"

接着我们又谈了一些其他的事情

包括男人的血性、冲动和屈辱

但从头到尾，我们都没有谈到天堂

黑暗里的高跟鞋

李婷婷

夜深了
高跟鞋踏过青石板
由远及近
像小锤在深巷中
敲打千年
夜色
被牢牢钉住

它同样敲打着我的胸口
一下一下，远了
再远了……
直至无声地缝补了黑夜的伤口

春夏之交的民工

辰 水

在春夏之交的时候

迎春花开遍了山冈

在通往北京的铁路线旁

有一群民工正走在去北京的路上

他们的穿着显得有些不合时宜

有的穿着短袄，有的穿着汗衫

在他们中间还有一些女人和孩子

女人们都默默地低着头跟在男人的后边

只有那些孩子们是快乐的

他们高兴地追赶着火车

他们幸福地敲打着铁轨

仿佛这列火车是他们的

仿佛他们要坐着火车去北京

午夜的乡村公路

江一郎

在午夜，乡村公路异常清冷

月亮的光在黑暗的沙粒上滚动

偶尔一辆夜行货车

不出声地掠过

速度惊起草丛萤火

像流星，掉进更深的夜色

这时，有人还乡，沿着乡村公路

沉默着走到天亮

也有醒着的村庄，目送出远门的人

趁夜凉似水

走向灯火熄灭的远处

山脚下的无名女人

李轻松

车前子只是学名，人们习惯叫它车轱辘菜
它叶子宽厚，籽粒绵密，味微苦
长于缝隙与辙印中间。它性子忍隐
香气只沾染在马蹄上，或雨滴中
就像山脚下的女人，抬头看山，低头喝水
脸上有着黯淡的笑容

这贫贱的野菜带着灰尘，她坐在门槛上
用清水清洗，露出她的真容
再佐以香葱和豆腐
一家人的晚餐已准备停当
她站在家门喊儿子回家吃饭
倦鸟儿和鸭鹅都回答了她

那女人衣衫干净，在炊烟和农事中
放下她的身段和欲望

家狗温情地伏在她的脚边
对着那个大碗喝酒，高声骂娘的男人
轻微地吠声。仿佛含了糖球的孩子
发出的呓语。她的儿子风一样跑回家
带来松针、气喘和牛粪的味道

3月桃花满枝，7月谷物扬花
10月猫狗追逐，1月大雪封门
她比所有的月份都饱满
在山之阴、水之阳
一棵倭瓜爬出了墙头
任凭自己开着谎花，结着化果

夜里，各种动物开始它们的私生活
树影在窗棂上暴动
云层里含着阵阵雷声
她从不懂得抱怨，没有诉求
她左边的男人，右边的孩子
与她构成生活的三角
她带着一张被世界拒绝的脸
低语、做梦、安眠，无声无息……

写给儿子刘云帆

刘　年

1

突然想到了身后的事。
写几句话给儿子。

其实，火葬最干净。
只是我们这里没有。

不要开追悼会，
这里，没有一个人懂得我的一生。

不要请道士，
他们唱得实在不好听。

放三天吧，
我等一个人，很远。

三天过后没有，就算了。

有的人，永远都是错过。

棺材里，不用装那么多衣服。

土里，应该感觉不到人间的炎凉了。

2

忘记说碑的事了。

弄一个最简单的和尚碑。

抬碑的人辛苦，

可以多给些工钱。

碑上，刻个墓志铭。

刻什么呢，我想一想。

就刻个痛字吧，

这一生，我一直忍着没有说出来。

凿的时候，

叫石匠师傅轻一点。

3

清明时候，

事情不多，就来坐一坐。
这里的风不冷。

不用烧纸钱，
不用挂青，
我没有能力保佑你，
一切靠自己。

说说家事，
说说那盆兰花开了没有，
说说最近看了什么书，
交了女朋友没有。

不要提往事，
我没有忘记。
你看石碑上的那个字，
刻得那么深。

不要提国事，
我早已料到。
你看看，石碑上的那个字，
刻得那么深。

春风小镇

李杰波

燕子回去时，我也回去了

燕子带去了春天

我却一身沉疴：更严重的是

眩晕症时常袭扰

可能是小脑萎缩，稳不住重心

也可能是家族的遗传病例

患阿尔茨海默病的祖父

就迷失在熟悉的街巷，连籍贯也说不上来

但我已打算定居

租两间店铺，给乳燕

提供筑巢的屋檐；用余生效仿那位邻居

——胡子花白的赤脚医生

医好自己的癫痫后，开一家诊所，专治世上顽疾

晚年的名伶

代 薇

当我走近你的时候

你已经不复流年

像镜中的雪

又像古人画里那些

时间之外的花

我想起宋梅的骨折

海棠的咳

"如果连伤痛都没有那就更寂寞了"

迷醉是积满灰尘的领悟

那疲惫的、厌倦的

不知所终的美

山水之间

杜绿绿

向夜行人展开画卷，山水间

溶洞之上

人与远山重叠。

做一个埋头走路的人，

去到山影中

将肉体化为虚线

勾勒世外之美，美于这个人的呆。

从田间经过可以扑入，

泱泱的黑麦菜有

喂牛之美，步行至破败山墙

重建美如江山。

在河上游，夜与白日的交替

像行旅者半生的严谨。

渡轮的航线与水流平行，

古镇与小岛，

寂静如黑夜，谁能参透此刻之美。

此刻美过山水。

沿公路盘旋而上，在急雨中

摸索前路

这个被雨水浇透的人

来到这儿，

像樟树下欢吠的狗嗅着

起伏的山坡，愉悦之美。

大雾中不可轻易辨别方向。

在山里，

她只担心前方所遇过于美。

无法节制之美。泛滥如水上的杂草

朝后退去，痛苦之美。

远方一种

王小海

姑娘的清愁拴在菜缸的一角

正是天光云影的日子

细细的冰碴儿文上菜梗

她火车上的哥哥数着枕木

一根一根

灰扑扑的枕木，没什么年轮

锅底烧热，一轮鸭子才捧出

炊烟滞在烟囱里

像徘徊的一声叹息

姑娘的发夹绿了

早春的土地还硬，翻动不易

老牛的蹄子跟着不声不响

像听不见火车小范围的窸窣声

种子还在路上，总要由苞米改高粱

在锅里的，昏黄如两瓣月亮

姑娘的饭张罗好了

是倚着门框吸青梅的时候
没什么残雪的大地上
远远飘来了冒烟的火车头

夜班车

倪湛舸

夜班车去春风吹拂的峡谷

白梨、稠李和晚樱开满山坡

像海浪暗涌，又像飞沫舍身

还像身不由己的这些年

我庆幸这班车还在路上

空荡荡的车厢里没有人唱歌

灰蒙蒙的车窗偶尔被街灯照亮

我的手掌贴着我的脸颊

山路蜿蜒，白梨、稠李和晚樱

开啊开啊总也不凋谢

多么疲惫，又是多么地伤悲

信　使

呆　呆

夜深人静

小镇轻如一枚雪花。我坐在回廊

为解不出来的函数烦恼

南川河和我肩靠着肩

这忧伤的少年，还没有被夜鸟夺去名字

月亮

你看着我。我们。南川河。雪。

你看着这一切，被装入帆布袋

那一个粗心的邮差。骑着单车

急急冲进银河，溅起漫天星辰

麻　雀

念小丫

唯有享受这暖阳

和麻雀起落，才是真正的安静

你看着成群的麻雀消失在枯树枝上

又扑棱棱消失在干草丛里

把自己覆盖在枯萎的余晖中

世界被创造得如此天衣无缝，麻雀一会儿是枯叶

一会儿又是几簇干草

这是北方的冬日

我在局外安静地享受着没有分歧的场景

自然消化系统

吴雨伦

不得已出走半年

车没人看

留在了树林旁

回来后

轮胎已经被荆棘

与落叶缠绕

自然已经做好了消化它的准备

寂静的海边

沈　宏

海水退去后的寂静

是空荡荡的

就像这个冬季热恋之后的分手

石头说出了它残留的咸和苦

风停在海鸟飞走的地方

不愿离开。滩涂

露出了全部的丑陋

搁浅的小船

如同插在它伤口上的一把匕首

白鹭在散步，没有同伴

也不发出任何孤寂的声响

你独自坐在海边

天空落在海里，海落在你

空旷无边的心里

捕獐记

毛 子

夜里没有事情发生
大早醒来，南边的丛林有了动静
溜烟地跑过去，昨天设下的陷阱里
一只灰獐蜷起受伤的前肢
多么兴奋啊，当四目相视
它眼里的无辜，让我力气全无
只能说，是它眸子里的善救了它
接下来的几天，它养伤
我也在慢慢恢复心里某种柔和的东西
山上的日子是默契的
我变得清心寡欲
一个月亮爬上来的晚上，我打开笼子
它迟疑了片刻，猛地扬起如风的蹄子
多么单纯的灰獐啊，它甚至没有回头
它善良到还不知道什么叫感激

瓦 雀

韦廷信

层层叠叠的扣瓦和仰瓦

覆盖着村庄旧事

像一双双饱经沧桑的眼睛

又像无声无息的波浪

部分情节隐瞒不住

生出了苔藓。颜色越深

被村民们提起的次数就越多

秋收的午后

麻雀在这些瓦片上瞪着圆圆的小眼

巡视四方。它们胆大易近人

时常盯着屋前晒着的稻谷

有时翻身到檐下和燕子谈一场恋爱

我在瓦片上也见过

一只另类的麻雀

它胆小、孤僻，怕上青天

多像那些年生活在大山里的我

怕与大山对峙

大山过于空旷

占据了庞大的孤独

蝉鸣两种

朴　耳

初夏的蝉鸣忽地就起了。不能一一
回答，这来自树梢间的质询
高处的蝉鸣像一把锐利的冰斧
持续锤击我的后背
我面向它，却接不住

另一种蝉鸣有着令人困惑的延宕
既灵动又迟缓，它来自我自身
闭上眼的时候它叫，一睁眼它就噤了声
此时，我的背部显现出一种
更深的陡峭和更大的决心——
等待被击穿

雪梨考

叶　丹

废黄河像截可以重复点燃的
引线，葬送过多少个砀山
失意的落日。但是，甜引我至此，
"是淤积的沙滤去了黄河的

酸楚。"寻到良梨镇，乡道难以
消化那么多外省牌照的货车。
梨园隔着车窗以五迈的速度
堵在视线里，像苦役那般看不到

尽头。不如停车，走进林中路，
看光线如何穿过叶隙的针眼
落入地面，比克里姆特[1]的技艺
还要精湛，陌生的梨农邀请我，

---

[1]克里姆特（Gustav Klimt）：奥地利画家，画以繁复著称。

在他的焦虑里，所有的枝干

忍受着引力的权威，见证

甜的极限，将一座座袖珍湖泊

举在半空，拼成全新的星座。

"它们因为来自雪而冰洁，满是

前世的风格，天空肥沃，逢四月

就赐一场暴雪给本县的农民。"

"这尤物落地之前先赤身于空中婚床，

它越赤裸就越贞洁，才能冲入

轮回的磁场，等待阿多尼斯[1]来复盘。"

雪是一种来自殉道者的愿望。

"像今年这样流星频仍的年份，

梨格外地甜。你若是上树的话，

要牢记两点：梨必须手采，

不可坠地沾土，摘果子的人也需

禁欲，以免果肉如棉絮般松垮。"

---

[1]阿多尼斯（Adonis）：希腊神话中的春季植物之神。

沸腾的黎明

芒　原

其实，沸腾一直存在

只是这些年，它变得越来越突出

首先，从减少的睡眠与反转的闹钟开始

响声恰如其分地把人和梦分开了

这一过程，将会在身体上

不断延续。像光与影，虚与实

像从时间的汪洋里上了岸

每个黎明都那么地热气腾腾，又带着敌意

每个黎明都在修补，又自己告诫自己

快点，该上班了——

这时，在洗漱间的镜子里看到无数个自己

在这严寒的冬日里，我们像一只装反的烧水壶

滑稽又隐忍，冷峻又无奈

但最终，都沿着噗噗的水汽，一瞬间

滑入瓦特的蒸汽时代

让每一天刚刚开始的黎明

颤动与轰鸣

与一匹蒙古马为伴

梁　平

草原上的孤烟，

从黄昏的后背升起，篝火萎靡，

最早的英雄都有野生的习性。

马蹄生的风被我揽在怀里，

落日挂在嘴边，拉长正在叙事的呼麦，

身边野草轰然倒下，我站起来，

与一匹蒙古马数天上的星星，

一颗比一颗干净。

远离荣耀不是容易的事，

历史的卷宗封存，马的旋风，

横扫过欧亚的岁月，写进家谱，

光荣榜有没有姓名并不重要。

赤峰、科尔沁、呼伦贝尔，

草的苍茫里我也隐姓埋名，

我走过的路和马蹄留下的痕迹，

没有关联，唯有野生让我心生欢喜。

那匹蒙古马已经上了年纪，

眼里有一滴泪落不下来，

轻轻抚摩它的鬃毛，风卷了边，时间就地卧倒。

在草原，邂逅一匹马

敕勒川

午后的时光慵懒而又漫长，一匹马的出现
正好填补了一座草原的辽阔与散漫，当我
像一个追梦者躺倒在草原上，一匹马
却忽地奔跑起来，天空和大地
显然没有做好准备，一起摇晃起来，一条河
也激动得亮出了明晃晃的心

一匹马用自由的奔跑，将草原划分成
故乡和景点，而所谓大风，也只是一匹马
飞扬的长鬃
一切都是无边无际的，暂时，一匹马
自己做了自己的主人，而我猜想
它从没有渴望过骑手，或者，它正从一个骑手手中
脱缰而出

豹 隐

——读陈寅恪先生

育 邦

万人如海，万鸦藏林

瞎眼的老人，困守在墙角

独自吃着蛤蜊，连同黑色的污泥

几瓣残梅，从风雪中飘落

劝慰早已没有泪水的双眼

愤怒的彗星燃烧起来

冰川化为虚无的云朵

尘埃与岩石匍匐在轰鸣之中

抱守隐秘的心脏，从未停滞的钟摆

低声哼唱青春的挽歌

坠落的松果，指引他

骑上白马，驰向大海

树木，高山，种子

抛弃根茎，静候
纯粹时刻的到来
严峻的墓地，他葬下
父母漂泊已久的骨灰
和一张安静的书桌——
仅仅属于他自己

负气一生，山河已破碎
他从茫茫雪地里，拈起
一瓣来自他乡的梅花
在历史的纤维云团中
蘸着自己的鲜血
磨矶时光的铁砧
火的深处，正生长出
一个浩瀚的星座

寂静的夕阳，最后的悲悯
赋予毁灭以光芒
故乡的花冠开始歌唱
辽远的歌声中，他辨认出
自己的童年，以及
秦淮河中柳如是的倒影

睢县姑娘

郑小琼

天空飘满我使用过的悲伤，黎明倾倒
金属的忧郁与记忆，星星闪烁迷惘
河南女工忧郁的面孔，她颧骨高耸
四肢健壮，铅灰而莫测的通济河道
从平原古镇经过的月亮、《诗经》、植物
她没有背弃的方言与乡愁中的河阳集
在深夜机台，怀念被岁月抹去的宋国
古老集镇的城寨，抵抗捻军骑兵的祖先
她在地图上寻找南下的车辆，它们经过
湖北、湖南、广东，她浑浊如黄河的口音
飘荡山间的栗树林、飞鸟，无尽的贫穷
她从铁片上寻找生活的方向，精准的曲线
那些凶猛的刀具，那永不回返的寒溪
那通向远方的道路，那被她梦见的荔树林
那时候，她眺望的是远方、爱情、乡愁
伤残的手指、加班，笨拙而伤感的黎明

宁静而陈旧的黄昏，如今，她习惯了房贷
一日三餐的世俗、灰蒙蒙的城市和社区

夜游省耕塘

王单单

晚上十点后，游人离去

省耕公园安静下来了。我会在

这个时段去游省耕塘

无人对话，也不需要聆听

只选一个地方坐下来

看着环塘的路灯，从我

出发，又到我终结

有时候，还能看见

不知名的水鸟，它有翅膀

却选择在夜晚飞翔

它在低空里盘旋了很久

它是否发现了

一个人，独自坐在满城的灯火中

或许，这是省耕塘

未被开发成省耕公园前

它栖息的地方。或许

它在我眼里的飞翔，仅只是

一种流浪

爬山虎

马慧聪

建国路这边的爬山虎
是西安城里最好的爬山虎

我遇到它时
它正像一座大山，往上爬
那种慢悠悠的姿势
让包裹起来的高楼大厦
岌岌可危

我最喜欢它的无孔不入
又耐寒，又抗旱，又爱贫瘠
这种刚柔并济的智慧
我是学不来的

爬山虎是植物界的老虎

爬山虎代表植物界

打倒了钢筋混凝土。我要赞美它

深夜穿越华北平原

艾　子

月亮被蒙住眼睛，一张黑棉被

捂住万物的声源

唯有火车

以它的钢铁意志

一生唱一个旋律，一生只讲

一个故事

我仔细、虔诚地分辨它的表述，就像

听僧人诵经，从中寻找

浩瀚宇宙的奥秘

而火车的节奏从不为某个人改变

它只是在一个叫安阳的站点

屏住声息，让我倾听

大地的心跳

赶时间的人

王计兵

从空气里赶出风

从风里赶出刀子

从骨头里赶出火

从火里赶出水

赶时间的人没有四季

只有一站和下一站

世界是一个地名

王庄村也是

每天我都能遇到

一个个飞奔的外卖员

用双脚锤击大地

在这个人间不断地淬火

玻璃清洁工

卢卫平

比一只蜘蛛小

比一只蚊子大

我只能把他们看成是苍蝇

吸附在摩天大楼上

玻璃的光亮

映衬着他们的黑暗

更准确的说法是

他们的黑暗使玻璃明亮

我不会担心他们会掉下来

绑着他们的绳索

不会轻易让他们逃脱

在上下班的路上

我看见他们

只反反复复有一个疑问

最底层的生活

怎么要到那么高的地方

才能挣回

和　解

叶丽隽

踱到山腰的时候，月亮正从对面的峰顶
冉冉升起。我不再说些什么了

是的，我不曾心满意足
可也不再愤懑——玉米叶子在边上
唰啦啦地飘动，像无数恣意的手臂，长长地
涌出了身体……迎着风

豌豆地空着，盛满了月光和虫鸣
南瓜、茄子刚浇过水
农人下山去了

小平房那里，民工夫妇将头凑在灯光下
看孩子写作业
三只小竹凳，拢聚成一个圆

一个白衣少女停在山脚的公路边，左右张望

而怎样的时光，将带走她呢

小酒馆

沈　苇

苦命人在酒精中旅行

昏黄的电灯，瘸腿的凳子

还有老板娘油渍斑斑的围裙

都是好的，都是温暖

一个羊头摆在桌上

吃得一干二净，露出骨头、牙

酒瓶空了好几个，撂翻

苦命人在酒精中旅行

划拳，叫喊，或长时间闷坐

已分不清南北西东

看出去的世界恢复了一点暖意

又可以去拥抱一下了

苦命人干脆唱起欢乐的歌

胸腔里，喉咙里

有轰响的泥泞、熊熊的火

这是男人们的豪情在迸发

惊颤旷野的死寂、寒星的梦

……他们的马静静地等在雪地里

打着响鼻，侧耳在听

在夜色里会心地微笑

第四辑

乡土之恋

择 菜

张 战

越老，母亲越抢着做事
我总让她做
我笑吟吟站在旁边看

碗洗不干净了
从消毒柜中拿出的碗
碗沿上有时沾着碎菜叶

洗青蒜
水光光放进竹筲箕
蒜头雪白
蒜叶缝夹着泥沙

母亲洗过的菠菜
炒出来乌绿乌绿
有时，缠一丝银发

母亲年轻时择菜
我也是站在旁边看啊

那时母亲灵飞的手指
剥去细葱茎边枯叶
多少年后
我在常玉的画里看到

绿中的一抹象牙白光
那缓缓的过去时
一直一直
在我心里闪烁

从前的灯光

张绍民

吹灭灯

黑暗就回了家

许多夜里

我们灭灯聊天

节约煤油

话语明亮

那天来客

深冬的黑夜

娘点亮两盏煤油灯

灯光亮出了白天

屋里堆满了光的积雪

没有好吃的

娘用灯光

招待客人

时　光

　草　树

小小石拱桥

连通小河的此岸和彼岸

过了桥，翻一个山坳

一片树林掩映的瓦顶下

外婆在烧火或切菜

正月初二我坐在父亲肩上

到达拱桥顶上时

就仿佛远远看见了外婆的笑脸

来到这座久违的小桥

（去死去的外婆家

从镇上修进了水泥路）

我看着河水流淌

水草像丝绸般闪光

老 站

蒋三立

除了几截没有拆走的铁轨
一切都没有什么痕迹
站台边
几株野芦苇花，白手帕一样在风中摇曳

它送走的人哪里去了
火车开来的汽笛声哪里去了
外出打工的几个漂亮姑娘哪里去了
那个弯腰的老扳道工和摇旗的瘦个子青年哪里去了
那么多曾经等待和期盼的目光哪里去了

我不相信这个小站也会衰老
一切会这样沉寂
那些在远处飞速开动的火车
震动不了寂寥路过的心

在湘南的方言里莳田

也 人

闰四月的湘南，仲夏疯长
秧苗被午夜的雷电叫醒
暴雨异常激动，横地而走
芒种的田野，都赶着插秧

鸟雀落在稻草人的肩上
悠然自得，恐惧荡然无存
连片的稻田不再人潮涌动
农耕机的马达声接踵而至

小满后，花草已湮没季节
大江小河的鱼虾肆意嬉戏
爬坡的上弦月，逐渐丰满

在湘南的方言里开始莳田

退后，成长了向前的少年

上岸遥望八方，白莲初放

梨子寨

贺予飞

一棵梨子树进入了
它的晚年生活
从树下走过的人们
换了一代又一代

梨子树已经老得结不出梨子
但还是眷恋着人间
千年苗寨的土地，让它鼓起
向天要命的勇气
把自己三十年的寿命
改成三百年

那些最早在寨子里
吃过梨子的小孩，并没有消失
梨子树偷偷将夙愿
融进他们的血液

群鸟迁徙而来，劳作的人们

星子般地散落在山间

白云深处，一户户人家

学着梨子树的模样

扎下根来

远道而来的游客都一遍遍询问

梨子树是否还能长出梨子

苍茫的绿意里，已孕育

越来越多的子孙

秋天的边界

廖志理

跨过这道河水

就到了秋天的边界

落叶的边界

草枯树黄

冷气萧瑟

似乎

夕阳也迟缓了许多

滞留在山巅

就像我

徘徊在这城乡的边界

在青春与迟暮的流水边

远去的岁月

已无从寻觅

一丛荒芜

从心底铺向虚无

铺向高坡

这是多大的恩宠啊
就算寒意袭人
去路苍茫
上天仍然打开了
这晚霞斑斓的册页

故乡的方位

刘　羊

山里人外出都说"下"
——下宝庆，下广州，下深圳，下南洋
大伙一直是这么说的

他们有时也说"上"
上街，上梁，上门，上香，上坟
那是另一种事情

离家久了，渐渐模糊了故乡的方位
春节期间，三叔见面问一句：什么时候下去
炉边人脸颊绯红，一时竟答不上来

爬满山崖的小路

刘晓平

远村没有大路
小路爬满山崖
甲壳虫、蚂蚁常聚会
在大地留下生存的哲理

小路弯弯的长长的
是一条四季的青藤
路边的村寨
都是她蒂落成熟的瓜……

宽背高大的椅子

陈新文

往这把宽背高大的椅子中一坐

便有一个下午甚至更长的时间

在茶杯中泡成酽酽的夜色

被我悠悠喝下去

再吐出来，模糊远远近近的人群和记忆

我怎么也想不起来

是哪些闪着威严和蔼光泽的名字

曾这样正襟危坐如我

慢慢品尝苦涩而醇厚的一生

这椅子是祖先留下的背影

苍凉而滞重。光滑的椅背

十分自然地呈半圆形展开

围成一种肃穆神秘的氛围

此刻坐在祖先背影里的是我
在窗外一片树叶代替另一片树叶的过程中
我的形象慢慢取代了父亲

楼中人
——在村口小学留影

马迟迟

他站在他学校的默片电影中

黑板荧幕上的雪花白点

微弱的电视信号源，时有时无

他听到广播磁带中放映，秋日山泉

叮咚喧响的词句，孩子们在操场上集合

那些熟透的水果在田畦和草坪中

咿呀奔跑，他们甩动的红领巾

漂白了九零年代。他读遍了

这里的每间教室，从一年级到四年级

从算术到语文，然后是美术和自然

他走过他小时候走过的教学楼梯

课堂上的校务日志，仿佛从未擦拭

他站在那儿，像是刚刚放学的值日生

他人生的第一堂课还未结束

老师们布置的考题，还未交上
正确的答卷。他回到这里
站在摄影师的取景框中，背诵那首
稚嫩的唐诗。他的小伙伴们
步入青年的河流，散落溪谷
美丽的邻桌女孩是否步入婚姻的围城
他曾在这里认知金潭原上的万物
学习花草和鸟禽的名姓，而现在
他愿回到蒙昧和无垠的乡愁

来自村庄的消息

胡建文

逆风而行，一骑绝尘之后

是越来越巨大的空茫

以及空茫尽处

一滴露水洇湿的村庄

我所生活过的村庄

淡如炊烟的村庄

一粒鸟声，便能打破由远及近的全部寂静

这种亘古的寂静

以一个禅者的沉默内涵

悄悄容纳了

千百年来整个村庄的活着与死亡

今天，我怀着村庄一样平静的心情

接受了无法拒绝的秋风的消息

老家隔壁的两个女人

相继死去

一个不算太老，一个还很年轻

我的父亲，越来越像一辆拖拉机

刘　阳

西瓜要摘就摘

离根部近，且瓜藤上绒毛倒伏的

玉米则看须穗的颜色深浅即可

稻谷要嚼出阳光的味道

他本是村里数一数二的泥水匠

现在，却如一枚钉子般

锈在田间地头

对于常年漂泊在外的务工者

他种下的一颗芝麻

也可能比我更懂得孝顺

最美好的一天，仍然属于清晨

那时的太阳，尚在锻造

鸟鸣四分五裂，一茬茬新鲜的瓜果

装进箩筐。在通往集市的乡间小路上

我的父亲，越来越像一辆拖拉机
老旧，欢快，却永远不知疲倦

泥土会回应你

胡小白

四月的泥土很温暖
有芨芨草，诸葛花，随时准备飞翔的蒲公英
……
奔跑的生命，从这里开始
又不仅仅局限于这里
挖走的，残存的，每块泥土都恰到好处地重新团结在一起
似乎什么也没有变

大地整洁，安稳，懂得如何陪伴生进孤独里的人
不介意风来自哪里
穿过何处
面朝天空，怀着很深很深的情谊
落日感到骄傲，允许任何方式的存在
我清晰地记得，有个孩子睡在播种花生的泥土地上
直到妈妈将他完整地抱回家

春 雪

朱 弦

大雪飘飞。初降人间的
愉悦打在雨伞上
踩着吱吱的声音走路
这属于大地对天空深情的回应
深陷下去的痕迹，正如心底
某个伤口，遗留在崭新的岁月
橘黄灯光洒落一地银白
千万朵雪花赠予一个夜里归家人

我如一粒尘埃落定在窗前
折断的树枝，路边的雏菊
春日的芽瓣，都恰如其分
迈过了一年中最沉重的时刻

锣声响亮

张远伦

穿对襟子黑衣的老人，将手提的月亮

敲出声音。一槌一槌

像在向不存在的场域，讨要什么

一叩，再一按，锣声骤起而忽停

手法可以控制余音的长短，却不能控制悲伤

铜月亮，用光发声

翻面，就可以做魂灵的镜子

有时候你会看到老人把月盘当成容器

像是圆润的烟灰缸。火星子

跳一下就不见了。他用绸布

拽着幻境里的星际之门。连日无乐事

此月亮搁置在神龛上，独自仓皇

某个地方

池凌云

在某个地方，我把一些重要的东西
遗失了。轻声说出的话语
像雨水打在湖面上。伸向高空的
梯子，也已经逃离。

我像是已被我的梦抛弃。
我快到了不再做梦的年纪，我悲哀
一个梦的捐献者，记下的梦境
依然在无人能够到达的地方。

而我记得在某个地方，我的脸
曾紧贴着石块，就像贴着
那激烈跳动的心脏。
我以为时光总有办法弥补一切
可这就是世界存在的方式——

在某个地方，去爱一个人已经太迟，

再唱一首哀歌又还太早。

接近中秋的夜晚

梅依然

我的手已经离开夏天

离开父亲和母亲做的篱笆

没有什么事情发生

它们显得有些孤独

垂放在我红色裙子的两侧

我的脚轻轻踩在薄薄的落叶上

它们准备要穿过一条长长的林中路

回到属于它们的地方

接近中秋的夜晚

月亮带着一张潮湿的面孔

垂挂在我的瞳孔

我还没有想起要思念谁

给死去的父亲

沙 马

这个地方全开发了，只有你的

坟墓，孤零零地

堆在那儿，我必须绕过

火车站，煤场，诊所，新型

装饰材料加工厂

和一颗颗紫色的葡萄树

才能从墓地的后门走过来。

我曾是你追打过的儿子，曾是你

用词语生活的儿子

也曾是你在计划经济道路上

流浪的儿子。要下雪了，远处的

两只黑鸟迟迟没飞过来。

我是你的儿子，我也黑暗。

这儿的草，是你长出来的头发

在我脑袋上全白了。
我跪下来没有呼唤你
是因为我两手空空，也因为
我的心比你的坟墓更荒凉。

我没有用花朵装饰你
别见怪，父亲，我活得是那么地少。

雪夜访戴

赵　野

兄弟，我终于到了你的门前，晨光熹微
兄弟，我穿越了整夜的风雪

昨夜我被大雪惊醒
天空满是尖叫的狐狸
我彷徨，温酒，读左思
忧从中来，心一片死寂

四周站立白色，唯有河水
在流动，有人的暖息
世道险恶行路难，兄弟
我想起你就在剡溪

岁月苦短，好多愿望都蹉跎
每一瞬都在成为过去
于是我穿越了整夜风雪

只为胸中一场快意

此刻雾还没散尽，露水欣然
草木在阳光下渐渐苏醒
我打开了整副身躯
应和眼前的每一寸天地

"情之所钟正在吾辈"
我终要与这山川融一体
兄弟，我突然觉得可以回了
遂调转船头，酣畅淋漓

如果你醒了，请打开那册书
如果还睡着，继续做只蝴蝶
生命倏忽即逝，悲风遗响
我要走向另一种记忆

悲　伤

江　汀

我在这条街的骨髓中旅行，
每日领受一份它的寒冷。
修路工人们正在忙碌，
铺下这一年度的沥青。

但初春傍晚的红晕
正离我而去，
仅仅留下模糊的预感。
在其他场合重复呈现。

雾气堆积在地铁入口，
像受伤的动物在蜷缩。
车厢里，人们的脸部如此之近，
他们随时能够辨认对方。

以漠然，以低垂的眼。

长久、缓慢地储存在这区域。
肃穆地等待被人再次发现，
在背包中，在城市的夹层。

摘下各种式样的帽子、围巾，
意识残留在绒布上。
我们习惯于这些形式，
在一阵大风吹来之前。

没有携带随身物品
也不借助任何比喻，
从它们那里逐级堕落，
或艰难地提升。

后来，一个女孩涂抹护手霜，
气息向四周扩散。
间或有灯光灭去，
印象暂时地消逝片刻。

继续擦拭这些秩序，
这抽象的生活，这些轰鸣。
一个老人，从口袋里掏出眼镜，
观察这些陌生人。

而多余的眼睛，先于我们而在。
沉默无言的生活
与诗歌无关；
心灵像晚餐一般成熟。

幻想中的店铺悉数敞开。
因和果同时陈列。
因和果纠缠在一起
好像死人无法分开的手指。

我们跟着钟表在世上漫游。
想想勃鲁盖尔的那群盲人。
我们对空虚做出
日和夜的姿态。

但困顿将保护自己，
我要重新收集那些忧虑。
它们分散了，像面包的碎屑。
我听到外面的洒水车之声。

很快这条街将被浸润，
像钉子嵌入木板，
像浅显易懂的教诲
在一颗心脏凹陷的地方。

几十年的忧愁
悬在空中，
瞪着这个时代。
唯有它看见我们的重影。

我想追随任意一个邻人
回到他的家中，
直到他确证自己
沉入某种重复过的睡梦。

但星斗们还停滞在那里
像狗群游荡在夜间的车库，
他们向我们抛掷杂物。
因为白色的智慧无家可归。

在坪洲

郑单衣

1

码头上的老人们是在等谁呢

他们坐着
坐着仿佛永远

在如伞的榕树们巨大的浓荫下
一团，一圈又一团
面相混淆，甚至无从分辨

谁是谁
正是谁
曾是谁

一如榕树枝头，叽喳不休的

八哥，画眉，斑鸠，喜鹊，麻雀
群起群落，统称为鸟

谁是谁，谁在乎

谁又在乎老人们怀里是否还有身份证
证上是否还有一寸旧模样

椅子遍地，在坪洲
刮风下雨会更多

说明想坐的人多，又爱将心比心
说明好客，过了分，或许

最紧要得有特点

2

"又出香港啊？"

久不出远门的杨伯或陈婆婆
会因此被认出，终于，偶尔
也来坐坐

在阳光下

阴天，有风，无风

就像一粒芝麻离开西瓜和土豆
混入芝麻堆，不黑不白，一坐
就难再如平常，一目了然
谁谁谁

来了，不来了，走了

空椅子，刮风下雨更多，在坪洲
仿佛风和雨都擅玩
一种让椅子忽增忽减的法术

忽冷忽热，二人招呼变众人

3

他们安静地坐着，在码头

在榕树们巨伞般的浓荫下，并非
真正坐着似的
躺，倚，靠，偶尔嘀咕

或是，忽而欢天喜地
大叫着起身，跑去拉扯另一个

相拥而笑
或是无端落泪，放声痛哭

他们准时出现，并非
真人似的，伪装在旧式衫裤里
是一盏盏温存节能灯

但主要是静坐着
看，不看
醒未醒，抑或不想醒来
静静地消化着肠胃里的食物

有的更像那铆在村屋天台上的
太阳能热水器
出神于某年某月，某人某事
故而，动弹不得

有时榕树们也是偏好不语的
也以安静为节能标志，除非
在起风的时候
才呼啦啦撒一地黄叶或种子

那，那些鸟呢？总有孩子
问完鸟群，问大人，鸟群般地

又去水边或街市，问鱼群

鸟群不正是榕树和老人们的
代言者吗，难道？

尤其是清晨、黄昏，叽喳
如码头上年年开锣前的大戏棚
在老人们之上，在
四处乱窜的猫狗之上

码头，有时，也会在成群结队
外出和归来的人群头顶盘旋
在醉汉们眼里
如树，如树上叽喳的
八哥画眉斑鸠喜鹊麻雀

仿佛码头也是
原居民渔民农民小贩及其儿女
也是尼姑居士潮州装修工惠州泥水师傅
福建餐馆老板泰国厨子越南厨子
也是药铺伙计前广州偷渡客及其后人
天后庙龙母庙香客隐姓埋名者及其修士朋友
也是基督教徒顺德木匠跑船伙计及其女婿
也是落荒而来者破产者以及过时手艺怪人

也是道士早已改行的屠户后裔及其弟兄
江湖医生天主教徒业主地主租客及其姐妹
也是芸芸众生杂以南亚家佣及其同乡
也是开酒吧的法国人隐居鬼佬艺术家及游客
上船落船，来去鱼贯，在醉汉们看来

码头仿佛也是孩子们总是绕开去玩的
那块无声空地，它离渡轮泊位约 15 米
离老人泊位约 25 米

汪汪铜锣伴鼓吹，谁在乎出殡道场
披麻戴孝，唢呐悲鸣，回荡不去

谁又在乎小小码头有块无声空地

4

雨和风暴一来，椅子就会忽然增多

在坪洲，风和雨总患逻辑障碍症
玩数字游戏，不倦于
冷，热，增，减，这时，榕树们
仿佛就会赶紧收起自己巨大的
有形与无形的浓荫

老人们不见了，有的，永不再来
唯椅子们在码头上空着，随阵风乱跑

逻辑说，椅子只是椅子

可逻辑障碍症却说，椅子里应该还有
椅子，甚至好多
否则椅子怎会无端多了起来

老人中必定葬着更多的老人，否则
死又怎会没完没了
同理，榕树中肯定还有其他榕树
甚至桑树
荔枝芭蕉木棉龙眼

画眉里必然有华南虎
算盘和小个子语文老师，否则
万兴台内怎会间中有南湾新村
同理，显而易见，手指山
总是低于南山路
因之，偶尔高过大东山

同理，中文里随时也有
法语英语泰语日语

鸟语猫语狗语

墨鱼石斑泥鯭语

甚至沙姜和大树菠萝语

在坪洲，海平时也多半是

忘言的，轻描淡写着惊涛骇浪

在阴天，有山即无山

在有风无风，有雨无雨时

阴天是很难变成晴天的

注：谨以此诗纪念一位老友，人去椅空，令人怅然，哀哉！
2013 年 5 月 6 日记于坪洲。

暮　晚

长　岛

天色还没有暗下来，还可以看见
水光里，绿意深醉，红花盛开，白鹭
贴着水面翻飞，一枝又一枝的荷
在池塘里幽立，云淡风轻地远

光线在树杈间行走的声音
鱼儿在水底里游动的声音
盛大的念想，将岁月拍打的声音
一座紫色的桥，将两岸的寂静拥抱

哦从来，生命是用来相遇
不要重负，不要炫美，只要对时光的挽留

你是我的诗人。你说，在我的流年里
偶尔会走神
——陌上花开，可缓缓归矣

野燕麦塬

琼瑛卓玛

亲爱的，我又去了那儿一次

三个月前

你曾在那儿教我辨认出它们

那些金黄的，戴着长且尖细王冠的野女人

驾驶吉普车从远方奔驰而来

在残损石像上模拟打碗碗花的死亡

你深刻得像它们其中一个

作为外来移民，我带着

成打的购物券和礼品

四处拜访邻居

以求得和谐相处的好运气

也许还有几只野鸡或兔子，一本长期租住合约

当然——不能给素食主义者

一只石狮子。把守肥美的门口

你说，更美的那些在去往日喀则的路上
十月份的时候
所有的王冠齐齐地被风吹向古堡
你就在那儿。吹一只长笛
你也献出你的王冠

从去年开始。就等着成熟了
我踩着那些因为被收获而死去的身体前进
偶尔也会跪下来，小心亲吻并触碰
它们心口的僵硬
临近早晨，我睡着了

我梦见深藏于
黑白负片中的
西藏远古情歌，是一束从汉家陵阙升起的
紫色的烟
就在六月花朵初绽的时刻
——你刚好从四面八方的雨雾中赶过来
驾驶着一辆金黄色吉普车

羊群从未离开过长草的人间

亮　子

我一直有个心愿

那就是养一群羊在人间

我拿着鞭子

赶着落日

在河流附近的草地上

看它们静静地吃草

有时咩咩叫

有时咬一咬黄昏

可是我不能做一个羊倌

我只能让灵魂栖息在羊的身上

我把鞭子交给生活

甚至统领世界的神

我围着故乡左右打转

春雷冬雪

一遍又一遍

为我唱着颂歌

兰坪县掠影

祝立根

霜地里偷麦种的田鼠

不要惊动它们

卵石上的洗翅膀的灰鹭

不要惊动它们

一只蜂鸟的爱情

弹口弦的普米族姑娘，不要惊动

借一小块阳光，睡在街角的那个人

不要惊动搬家路上的蚂蚁

多余的怜悯和叹息，都是它们无法承受的

闪电与雷霆，它们那么小

那么幸福，它们

正扛着一个个小小的月亮在赶路

夜　路

谈　骁

父亲把杉树皮归成一束

那是最好的火把。他举着点燃的树皮

走在黑暗中，每当火焰旺盛

他就捏紧树皮，让火光暗下来

似乎漆黑的长路不需要过于明亮的照耀

一路上，父亲都在控制燃烧的幅度

他要用手中的树皮领我们走完夜路

一路上，我们说了不少话

声音很轻，脚步声也很轻

像几团面目模糊的影子

而火把始终可以自明

当它暗淡，火星仍在死灰中闪烁

当它持久地明亮，那是快到家了

父亲抖动手腕，夜风吹走死灰

再也不用俭省，再也不用把夜路

当末路一样走，火光蓬勃

把最后的路照得明亮无比

我们也通体亮堂，像从巨大的光明中走出

下雪已成定局

李　唐

下雪已成定局，直到晚上
雪的气息愈加浓重。
深夜遛狗的男人停在灌木丛旁
任由那只白色小狗去嗅一截
潮湿的木头，又用舌舔舔。

新闻结束，下晚班的人
刚刚推开家门，带进一股冷气
"你身上有雪的味道……"
在家里的那人说道。不，他纠正她
雪还没有下，但下雪已成定局。

小区里，那个年轻人走进小卖铺
买烟和薯片。要下雪了——
好像这是一句暗号

彼此心照不宣。出门时，他想：

多难得啊，这样一种寂静……

石　磨

加主布哈

那台石磨已经锈得转不动了
现在，它躺在那里，不再发出拙劣的声响
不再磨出女人的叹息和粗劣的粮食
它终于把自己磨成了两块普通的石头

记忆深处，松脂灯下的祖母面容祥和
她推着石磨，石磨推着她
磨出命运阴险的笑脸

石磨是祖母的嫁妆，它推着祖母走了几十年
终于把祖母推到耄耋之际，终于
把自己磨成了两块喜欢安静的石头

于无声处

刘雪风

太阳在她耳垂处升起，那个睡眼惺忪公鸡叫的早晨

枝叶习惯性飘逸，辘集交织后的寂静，再难被方向剪裁

母亲灶台生火，蒲扇轻摇，菜皮被雨水打湿在地

在水中看着我的玻璃球，满是清凉的童年少年

鳞次栉比的瓦房下，灯火温柔

窗台透露些许暖气，角落里的灰尘，从不奢望月光

细柳在烟雨中朦胧，我的脚踝被泥泞吞没

远有银白小舟缓缓驶来，鱼儿在湖中跃起，沉下

发鬓旁青蛙入梦，蝉声此起彼伏

"夜间露水湿透了晾晒的柴垛"，父亲务工回来了

织网的渔妇

高鹏程

一个织网的妇女无论坐在哪里都是
坐在生活的中心。
她织网，风暴只在遥远的海面上徘徊
乌云需要看她的眼色行事。

她坐在码头边，场院里，渔港马路一侧
长长的人行道上。
她把长长的网绳铺下来，世界就安静下来。
她把梭子一搭，阳光就细密地缠绕在网线上。

她用裹着厚厚胶布的灵巧手指捏着梭子上下翻飞，
就好像一只海鸟
在一望无际的海面上上下翻飞。
就好像

整座大海都只是挂在她网眼里晶莹的水滴而风暴

只是在阡陌纵横的网线上颤动，
而她就是风暴眼，是风暴中心
最平静的部分。

日月如梭，她织着丈夫、孩子、亲人，
她气定神闲波澜不惊织着自己最想要的作品，
用尽头发里的黑、眼角的阳光和海边人家
细密悠长的时光。

一张网越来越长越来越密
仿佛幸福、平静，仿佛整座大海都在她的掌控之中。

石榴红了

王二冬

东河西营的石榴红了，挂满湛蓝的
天空，与在此歇脚的快递小哥练习算数
最没出息的那一颗，塞在老母亲牙齿间
咧着嘴，露出酸甜的微笑
在秋日尽头，做着一件光荣的事情

村里人眼中多子多福的老母亲
也有自己的苦水——儿孙都有出息
却无一在身旁，分散于祖国三省
看到那些石榴籽像亲密无间的兄弟
簇拥在母亲怀里，往日的情景就频频闪现

她不后悔年轻时因坚持不改嫁
遭受村里人的白眼和娘家人的嘲讽
孩子的优秀是她唯一的安慰
只是这思念太过熬人，土里的那个
已走了几十年，她不想离他太远

红色的快递小哥再次路过石榴树时
老母亲刚好数到"一百"
他摘下石榴的瞬间，想到自己的母亲
和母亲的乳房，她从一颗石榴里
看到饱满的乳汁从一个女人怀孕时流淌
直到生命干涸，有时是乳汁，更多时候是
汗水、无声的泪水，甚至是咽进肚子的血水

他把石榴装进纸箱，快递给即将湿冷的
南方、早已白雪皑皑的西藏和远嫁的海洋
免检的母爱更要包装结实、小心运送
若颠簸过重，老母亲会从梦中惊醒
因此要快些抵达，最好在明天天黑前

一个个快件就是一粒粒石榴籽
用血浓于水的亲情写下饱含四季的家书
温暖远隔千山万水的思念和孤独
我们就这样挂满异乡的天空
在秋风中咧嘴笑着，笑得
深如母亲的皱纹，笑得失去力气
当她拖着佝偻的腰身朝我们走来时
最重的那一粒从眼角滑落，跪倒在母亲面前

蓝尾喜鹊的秘密

陈小虾

幸得一粒小果子

它衔着飞来飞去

在陶盆前停了下来

偷偷把它藏到盆子里

它东张西望，飞到更高的屋顶

看了又看，确保没人发现

它藏在院子里的一小颗甜蜜

才安心地飞到远处

我偷偷掀开过草皮

那是一颗干瘪的小葡萄

啜饮与劳作
——给叶丹

徐　萧

但不能去饮落日的余温，
不能在初秋啜饮郊县。
过于虚幻，或过于坚硬：
我现代的胃已被可口可乐麻醉
甚于擦亮，而略低于祛除。
如果一颗晨露，有幸躲过正午
和编纂，或者一个逗号，
能够拒绝出庭，
我们就必须说出一些事。
例如有人走进露天茶座，
叫了一杯王梵志拼斯奈德。

车　站

葛希建

村路延伸开去与 302 省道交会
天色晦暗，寒风驱赶乌云
路两边的麦叶片瑟瑟发抖。

妈妈送你去车站，她已有老态
但还说自己像个孩子。
这次她没有过多地嘱咐，
你出门的次数已经比她还要多。

你坐在座位上，从车窗里瞥见
站在人群中的她：
瘦小、困惑
店铺的招牌被风吹得啪啪响
街头的水果摊，甘蔗直立。

你知道这是一件小事情

过年的时候，有可能的话，还会回来

汽车开动之后

你又回看了一眼，她已经在人群中消失。

故乡的火 [1]

陈吉楚

那是秋收打完稻谷后

晒透晒干捆成捆存放在阁楼的稻草

那是故乡火的来源

是离家多年后记忆中

灭了又燃起燃起又熄灭的火源

他们趁着年关在饭后的傍晚

在古老的祖屋

在只容神像通过的巷口

谁先取出积攒的稻草堆于厝脚

谁先点燃第一把火

接连而起就有第二三把火燃起

像揭竿起义之火燃烧吧

烧得越旺烧得越高

勇敢的男丁跳得越猛跳得越高

从火堆中飞过才是个男子汉

---

[1]潮汕地区农村习俗"跳火堆",有祛除旧年晦气的意寓,也有对火崇拜的内涵。

从厄运中穿过才能获得新生

我们跳过这家又跳过另一家

我们不知道新生在哪里

我们只是贪玩

带着一身火烧的味道回家

看到父亲坐在门槛低头抽烟

那烟头一个接着一个

烧得比稻草还厉害

自家烧起的火堆早就熄灭成灰烬

我喊了一声"爸"

夜里的风

瞬间将灰烬吹散吹干净

第五辑
辽阔之想

我听见篝火说

广　子

明月高悬

在哈尔勒格哈沙

一条叫可温的山沟里

篝火是一种语言

但它什么也没说

我已烧成了一堆灰烬

动人的女性

熊　曼

纪录片中，96 岁的叶嘉莹

眼神清澈，简朴度日

从民国走出的少女

一朝推开诗词大门

从此心无旁骛

沉迷于古老的平仄、韵律

为一花一叶凝眸

为一词一句作解

所到之处，将诗词的种子

一点点撒在路边

等待春风吹又生

想起曹公笔下的香菱

命运如明珠蒙尘

被数次倒卖，与人做妾

于泥沼中仍记得时时抬头

凝望天际月亮
寒夜里就着词语的火光
取暖，如痴如醉
尽管是"掬水月在手"
但亦得到过片刻慰藉
并将这慰藉传递给后来者
她们都是动人的女性

在分界洲岛

姜　巫

海边风挺大的，我们乘坐轮渡过去，
波涛是浅蓝色的玻璃，而山脉呀呷，
你坐在窗边的烂柯处，看海豚甩尾，
幸运被抛向人间，不断打捞回来的
山顶的海捞瓷，虚室而充满椰汁，
朝我们观看，——所以空气的明亮
是谁的明亮？抒情的歌喉，为何要低语？
未来是存在的吗？时间呼啸着
像摩托车一样过去，而你脚下的地板
是在老化、腐朽，还是像莲花一般
在虚无中生成……在波澜的风景中，
你所经历的人事，仍不知疲倦地拍击着，
一只眼睛出现在棕榈边，而岛屿历历，
海水漫至脚跟，填补我们
从未留在海滩上的足迹。

老光芒

韩文戈

去过一些名人的家

越老，他们的家居就越简单

岁数最大的那位

成就也最大

依然住在老房子

整洁的家，阳光照着临窗的植物

室内装修简易而陈旧

摆着老写字台、老沙发、老电视

墙上，巨幅黑白合影

留住了曾经的激情时代

一盏老式落地台灯靠着老书架

老伴陪伴他一生

这些老物件共居一室

彼此辉映，时间的老光芒

庭 院

里　拉

庭院中有松叶的涛声，
很久前就磨出样子的月亮雕像。
芸豆棚和墙角的曲麻菜
构成了它熟悉的秉性。

雨水在石槽里，安静入眠，
没有人听得出它呼吸里
记忆的味道。这是这座庭院
在时光流逝中唯一不动之物。

风从破马圈里，吹出一段音乐
像马的嘶鸣，
小石子滚动在月光下——
它们仍在这庭院里生活
以他们以前习惯的方式。

白茫茫的李子花

鱼小玄

他吻了吻她的额头，在南风拂来的时候。
南风拂来的时候，他们又一次相爱一如往昔。
这件事吓住了一只拉开帘子的小小春莺。

只见他使劲吻着这一朵柔软的云。她心中茫茫
然而只知道这就是爱情。爱情也似一朵云
三月底开到四月中旬的李子花，
也误入了不愿再出的爱情。

所以是爱情，李子花洁白如云。
所以是爱情，李子花吻着春天入了迷。
所以是爱情，李子花有了心事要告诉春莺。

一树树李子花缀成的花布帘子，那么辽阔无垠
那么辽阔无垠，所以在春深时分，这帘子终于
彻底覆满了这南国的山河万顷。

小小春莺忍不住又一次啄开了帘子，
只见她变成了一朵带雨的云，只见她望着他
什么话也不说一句，刹那间吻他吻他吻他
这一场雷声隆隆无穷无尽的瓢泼春雨。

旧事记

丁　薇

杂草疯长，房子

——变成一块块废砖

一些微小的生物爬行在上面

代替我们继续忙碌

路过小巷时，穿黄色衣服的老人

——我还记得，她坐在废墟的一旁

靠着墙壁跷着腿打盹儿

跟以往一样，瞌睡醒了就看看天空

当我也抬起头，天空灰白且阴郁

一只鸟飞过却没有留下划痕

她是深秋最后一根枯草

将熬过最冷的冬天

新月在流动

马　贵

原野上，新月在流动。
茶树，绿蛾，田埂
两侧，是比赛长高的燕麦。

傍晚，孩子们吃
椰枣，还有蓬松的云朵。
原野上，新月在流动。

新月在流动，原野上
洁白的圆点像水母般汇聚。
星星放哨，风是信使。

时间如树影，沙沙生长。
为何要不知疲乏地传播
春天之门向人们开放的讯息？

那讯息来自星火，
来自对神的激情，
来自饥饿中扩大的天穹。

当大地披上浩渺的波浪
夜的唇，吐露芭兰花的香气
新月，流动在原野上

在月光下劈柴

胡　益

你再一次想起
川东北深山伐倒的松木，想起明月江
运来的青冈和柏树。月光下
你磨利斧头，劈一根粗大的圆木

也搂住马脖子
想起一个人。一个关心喂马劈柴的人
火塘边，看她点燃松枝与柏丫
看她鼓着腮帮吹火
手拂柴烟，回头歉然一笑的样子

这世上，令人沉醉的就是想起她
弯腰吹火的样子。还有月光
静静地照着场院，和一堆
高过谷仓、高过马厩、香气扑鼻的木柴

湄公河日落

杨碧薇

竟忘了为何来到这里——
须臾间，我已被空无填满，臣服于
天空的盛宴。

那么多河流，那么多痴梦，
为何我一眼认领的是湄公河，
它在万象和廊开之间涌动，
在我的血液里取消了时空。

"多滚烫啊，短暂的夕阳。
你在地球的银幕上播放壮丽的影像。
你带着被万物辜负的金箔隐入太平洋。"

老妇人

段若今

一定是你把青春给了我
——迎面走来的老妇人。你蹒跚、臃肿、白发稀落
那么地寂寞

我们擦肩而过。没有言语
只是你用刀刻的皱纹和接近透明的白发向我诉说
时光里覆没的青春。我读到麻花辫、蝴蝶结
情书和旋转的裙摆

一定是你把青春给了我。让我拥有女人的形体和容颜
而你疲惫、贫瘠，垂目无神，穿着灰色的衣裳隐入人群
我们素不相识，可是生命认识生命本身
时光也读得懂时光的赐予，如每一条河
都知晓它的源头

不会再见面了。亲爱的老妇人，人海必将淹没我们

下一个路口，我会把用身体和灵魂葆有的女人代代相传的
生命密码，交付给一位穿白裙的少女
随后转身，沿着你走过的路
追寻你而去

家 居

柏 桦

三日细雨，二日晴朗
门前停云寂寞
院里飘满微凉
秋深了
家居的日子又临了

古朴的居室宽敞大方
祖父的肖像挂在壁上
帘子很旧，但干干净净

屋里屋外都已打扫
几把竹椅还摆在老地方
仿佛去年回家时的模样

父亲，家居的日子多快乐
再让我邀二三知己

姑姑的照片

黄 梵

姑姑扮青衣的照片，是我书房的装饰
她每天用戏装之美，给我的人生打气
那时，她的命运正在汉剧中高飞
家史还没有成为，一件刺向她的凶器

自从她被赶出剧团
悠长的唱腔是长巷，总把她引向戏台
直到砌墙的泥刀，在她手下铮铮响成曲调
直到一代名旦，变成炊烟中的巧妇

每个来书房的人，都赞叹她的美
这样的美，能给中年人补钙
能让修行人，心里开一朵莲花
能给我书房的寂静，安上灯塔

一股秋风想用吟唱，引出她的唱腔
我试着用伤感的诗句，为她配词
像是催促她重登戏台，但生锈的唱腔
早已适应安静，习惯让秋风做它的替身

牧羊人

牛梦牛

他放了一辈子羊
也和羊说了一辈子话
东家长，西家短
当他说到跑了的妻子、早夭的儿子
他看到羊的眼睛里
泪珠滚滚

这个孤寡老人，死后埋在了半山腰
羊到他的坟地里吃草
这些羊，是他放过的羊的
子子孙孙
它们咩咩地叫着，身穿白衣
仿佛一群披麻戴孝之人

青年叙事

李继豪

1

白昼将尽，粗粝的金色海面上，
夕阳正吞咽着城市的壳。
你来过了，光明从窗格间涌入，
是树影的流转让我们默然相对。

我知道，这里曾诞生过一切：
你抛却第一次目睹潮汐的惊讶，
将小船划向身体的中心。

后来，你告别冗长的建筑史，
只一声敬告，时间在崩塌之余
长出新的刻度。

2

远洋多风雨，烛光照亮了几点钟？
飘荡的夜晚无人应答。
唯有雷声大作，催促你写下
父辈不曾完成过的生活。

航线漫长如未来。书页间旧相片
掀起庭院一角，蝴蝶和抒情诗。
故乡葬在古典的月牙上，
亮闪闪的小东西坠落在睡眠里。

你置身于伟大的暗示中，
莫名地，又想起岸上的某个人，
猜他正垂着脑袋，终结平静的一天。
而世界的重心，远在世界之外。

3

往事已然虚空，波纹消失了，
如老友旧址，有去信而无回信。
你苦思，怎样解开那个悬浮的结。

窗外，一个耐心的季候浮动着，
全体的合唱从树冠之间升起，

你加入其中，也落尽感伤的叶子。

那个正午，你无比尖锐地
从白塔里走出，漫游在沸腾的街头，
看道路如何交错出空无之有。

烈日下，你强壮起来，移动的景观
不再把你卷进荒芜的草色，
意义的完整，成熟于秋日的辽阔。

4

1920 年代的轮渡，开远了，
汽笛声仍回响在未来。

我穿过所有灰尘和鲜花来到这里，
晴空下白羽翻飞，无尽的旋涡
把你带向更遥远的面孔。

我确信，在那些略显陈旧的途中，
你曾抵达过不同的尽头。
正如此刻，我站在风暴眼般的寂静前
辨认你永恒上升的形象。

又一个历史的早晨，浩瀚的蓝

匍匐在海面。你从甲板上走下来,
比快要降临的日出还要迫切。

决　意

周　瓒

色彩嬗替的街边风景

细风吹落绽放殆尽的花瓣

油嫩的新叶像是树身挤出的绿血

我走在去年冬天新踩出的土路上

穿过桃树、银杏和连翘布置的绿化带

二月兰如同新铺的地毯

顶着一层青紫色软毛

我决意不再是我

萌生的愉悦并未加入轮回的游戏

咀嚼几个青涩的词

耳机中的节奏带动想象的舞蹈

流向四肢之端

要把这绵力传递到它应施展的地方

若能收放自如

若能凭着热爱和忍受继续

我就能接通生命的核心运化能量

冬天的信

马　雁

那盏灯入夜就没有熄过。半夜里
父亲隔墙问我，怎么还不睡？
我哽咽着："睡不着。"有时候，
我看见他坐在屋子中间，眼泪
顺着鼻子边滚下来。前天，
他尚记得理了发。我们的生活
总会好一点吧，胡萝卜已经上市。
她瞪着眼睛喘息，也不再生气，
你给我写信正是她去世的前一天。
这一阵我上班勤快了些，考评
好一些了，也许能加点工资，
等你来的时候，我带你去河边。
夏天晚上，我常一人在那里
走路，夜色里也并不能想起你。
"明月出天山，苍茫云海间"，
这让人安详，有力气对着虚空

伸开手臂。你、我之间隔着

空漠漫长的冬天。我不在时，

你就劈柴、浇菜地，整理

一个月前的日记。你不在时，

我一遍一遍读纪德，指尖冰凉，

对着蒙了灰尘的书桌发呆。

那些陡峭的山在寒冷干燥的空气里

也像我们这样，平静而不痛苦吗？

人间世

尹丽川

我的父母每周末
都来看我的孩子
母亲带来玩具和新衣
父亲带来相似的消息：
某某熟人又去世了

他的老同学、老同事
老亲戚和老邻居
一个人的朋友圈就是他的时代

这时我已学会像长者那样打岔：
爸，晚餐吃饺子还是米饭
中秋去谁家过

无论如何我还无法
像一个朋友那样和父亲谈论生死

我的父亲不读佛经

天色渐暗，四周亲人热闹

他独坐在藤椅上发呆

一坐一个尘世

给　C

曹疏影

她掏出口红补妆
像玲珑刀锋，收割
我们刚刚说过的话

我转过头，不忍去看
这里面有忍耐、有恢宏、有气宇堂皇
邀我去参与

世道变
"而写作毕竟能堆积意义"
"而写作是朝向未来的"
我想未来，是静静
放进过去的一粒糖

此城此夜大寒
圣诞树郎当

我身边供暖的火炉筒

在对街玻璃窗腾起一束

镜像的火焰

有一小会儿

我们停下所有的话

兀自看倒影

——流离之火

曾经是我

后来发现是憧憧此城

我想说，那火焰的另一半

就是你手所执

莺红之膏

我们滞凝于此

点亮最鲜艳的盐

一　觉

黄　茜

我心中有大秘密。

厌世者的绣像已成为春之旗帜。

仿佛，所谓厌倦不因为熟悉，所谓爱好也

不由于亲切。有孤燕在海边沉落，天空竟烧红了脊背。

私语的不仅荷花。淘气的也不只你我。

我心中有大宽容。

尽可以不去懂得，那神谕一样无端

而晦涩的话语；尽可以理解一千次失约。

像这座高山的宽广的脊梁还未被折断，还在阵痛，

竟可以相信第一千种表达。

我心中确乎有大幸福。

如同身披彩虹，如同亲御銮舆。

在大风中的片金时光，不知被哪一块石子绊住。

我不愿意返回是因为地铁的吵闹声中会听不见我的爱人

在暗地里弹奏金琴我听不见了因为

我心中有大平静。
仿佛从一开始就知晓，仿佛我一开始就已
站在了所有事情的结束。仿佛早上才开的白玉兰现在正
静静地凋落，静静地失去。仿佛所有的
语言和时间，都在仿佛之间。

而我心中有大痛恨。
来来往往的人偶们在忙着做着各种生意，
谎言何以作为一剂良药在市民间广泛流传呢？大家贩卖
丝帛一样贩卖智慧，贩卖瓜果一样贩卖爱情。

我心中确有大悲戚。
片片红花洒落如雨，如血一样的雨。
再呕也呕不出更多的东西，再也呕不出
更多的血一样的比桃花还大还艳丽的东西。又何必立定
发蒙？
明日即将清明。

感　时

范　雪

季冬披着阳光的鸟鸣里有一缕世外桃源，

感觉从来兀自跌宕，从来物喜己悲，

天将绵雨，雨从东来？从西来？从南来？从北来？

盲摸气候的边缘。

一个狭长的平原上会有这般融融冬日，

花应地气开在路绝时的园口，

花色如团，朱辉散射，洒遍金色的下午。

有人说这物事自在的细细纹路最动人，

你也观看到红褐萼、并生花、万蕊鹅粉，

是啊，温暖的肺不会骗人，

斯文缓慢往复环园的老人不会骗人，

疏淡的天际里有清朗的气味。

可你又一次恐惧美好中的相物，

又一次想也不想欣赏那些好话。

气氛迷醉，

在度过瘴雨蛮烟后，

敢仔细地新知吗？

景物有几分人家，有若干男耕女织，

着染上过去将来绿色阔叶反映出明亮的一段平坦。

朝　市

谢雨新

这个沿海的地方
让不习惯起早的国度
也有了阳光

行走在吆喝声里，我不禁想象
百年前
那个初来仙台读书的文人
是否也会——在这里
和摊贩讨价还价，随后欣喜地
拎新鲜的章鱼和海鞘
回住处提刀

风 景

苏 晗

冲进雪景的人，怀各自心事
尽管寒冷并不浩大，黑暗处飘来
几经虚构，融成黑漆漆水坑，
托起斑驳叶魂，发咸。
你在黑暗里兀自叹惊，
那细碎的，钻进脖子里热烈的
凉意——身体响动，发明如迷宫。

道路阒静：写诗的人掩藏，白蚁
将俗世雕琢出岬角的微澜。
空中平衡木，你攀上，发梢结了些冰。
明明是择异路，却为何，总收束相同风景？
路灯一枝枝，抛出温黄花朵
旧照片俯身就影，如传统，隔百米
就清晰一次。

雪粒从过去飞旋而来，你年轻的脸
也显出老相：恍惚一世纪，
排演的新旧角色，路灯底下，
辨出些脆弱的结晶体。
几株老槐，不睡的楼群，
熄了瞳孔，灭了气势，暗里青山连绵。
放眼，道路在边界练习缝纫，
绣几束花草，伤感锁边，纵仍是
灿白光中飞绕，闭着眼独语。
——深吸一口气，不躲闪。

分别时，雪与非雪已定义出明暗
风景肃净，埋伏在眼色里。
街口几杆路牌，天亮前互道晚安：
山高水长，必有邻。

在星海相遇

欧阳炽玉

在群星闪耀的夜晚

鸟兽咏唱的森林

遇见流泪的旅人

燃烧着生命缓缓前行

我们迷惘的灵魂

看着他慢慢消失不见

是比冰原极光更美的风景

只有内疚能敲碎我们的心

只要沉寂

就能这样在乐土隐没

写作的神

白　尔

今晚，"写作的神降临我身上"，
不，第一句主宾需要交换核心，
"神令写作降临在我身上"。
走丢了很久，我忘记夜色是黑的。

今晚，我像佩索阿一样写下很多诗，
写下大街和围墙，写下高尚与卑微，
我将重新被召唤成一个孩童，
在源源不断的溪水旁，歇息饮水。

一匹马背走我对森林的想象力，
荆棘让我皮肤流血、让我眼盲。
现在不得不跨出这步，真理应明晰，
"不能逃离，灾难也是你一部分"。

我不想躲闪，成一个人类的精灵，

站起来，面对所有利剑开口说话，

喊声穿透云层，抵达森林和高山，

我的影子，要和天地一样平等。

北京西站

桉　予

路过了我们

一起走过的地方

奔波的行人，每个

都让我想起你

抱着红酒一袋子

跑来，就像

我们往火车站

赶下一班列车

遥寄纳兰容若

赵汗青

14 岁——曾经，我也拥有这个，即使在大清朝
都可以做表妹的年纪。抚过书架，小妹的指尖
蹑手蹑脚，像提裙走过一座春溪上的桥
岸边，绿竹猗猗的表哥在书脊上
随风低头。他姓名清秀，朗诵起来
比佩环叮咚

纳兰容若，纳兰——容若。我已在舌尖沏好了茶
只等你，把香甜的字泡进去。四字小令
打开，就是一把江南纸伞，在酥油油的雨季
入口即化。一天天，你是我茶杯里的
少女时代。你佐餐，你伴读，你是
草长莺飞的马卡龙。每一次，我揭起书页
清香的心跳都像在揭你
乳白色的盖头

公子，和你一样

我也常梦进那多舛的回廊。空气中吹满

雾化的山桃，你执书，垂着头，犯困的时候

就和月色一样朦胧。侍坐久了

我已然在你的影子里长成了

一个熟练于赌书泼茶的晴雯。每一天的晨光

都在减损我，我要消瘦成一把

自己撕碎的扇子，插足你的生死簿

推开雨，推开风，推开你对襟的衣橱

我看到，你多情的灵魂陈列其中

一尊尊多云转雪的冰裂纹。

早慧的眼泪，一滴滴

启蒙我的晚熟：做诗人，要守身如

玉楼宴罢醉和春。师从鸟鸣，与马蹄

牙牙学语不惊人死不休

生命离开你是如此自然。自然得

就像头发离开我。我挑灯望着你

回到天上，像羽毛回到翅膀。原来，

14 岁的世界比 4 岁的世界还要娇嫩。

因为你，因为你水果般的哀愁。夏日漶漫

我常以此解渴。吞咽时

卷舌的动作像在默念：

"纳兰容若。"

老　头

欧逸舟

我迟早会变成这样的老头
醒得很早，喝一杯苦茶
茶由远方亲戚自己摘，自己炒
说不出什么味道
只知道比我还老

我迟早会变成这样的老头
和小狗在院子里一遍遍地遛
有一天告别了小狗，心痛地说不出话
泪都只流一半
第二年再抱一只，直到它也和我一样变成老头

我们在秋天一遍遍地走
冬日也不停下
天刚黑我就困了
睡眼昏花

我踩着凳子搬出厚厚的字典
读从前捡回来的叶子，一遍遍

我毕竟是个老头
做什么事，都是一遍遍

小情诗
——回赠《未名湖》

许莎莎

我喜欢你的小眼睛，不嫌它小
它们像可爱的小湖，异常平静
我们也曾经在月夜的湖边散步
你的毛衣温暖，如森林里的大熊皮

呵呵，我知道表象太多
人生何必不能过得稀松平常？
但不要紧
我一定会好温柔好温柔地
把我们的日子排成一排红苹果

将来的某一天
我们一起在阳台闲聊，也许
那时秋风吹透身旁的白衬衫

山 火

陈雅芳

沉默，早餐和
早餐之后，腌制的萝卜干和
经年的茶垢，色泽相似
是余烬吗？如果曾经燃烧
婚姻，也有人称之为生活
"起火了——"
无风的早晨，浓烟垂直
跃起，舔舐，或者爱抚
高压电缆，
我看见火

山谷里，干树叶和
枯坏的枝干，堆叠，
近日少雨，生活垃圾
也缺少水分
一座山在火里燃烧

围观者众，

夫妻之间并不对视

厨房水桶，做徒劳的功

高压水管姗姗

来迟，深入火的缝隙

丈夫和妻子，一前一后

山火熊熊，但只要有持久的水流和

忍耐　像用高压锅熬制浓汤

一切都将熄灭，完全

有人问起火源，

客厅散落的烟头和，二十三年前

结婚时买的旧床垫

我看见火

在很久很久前就熄灭过了

崂山即景·黎明

——给起哉

张石然

天已经有些微亮，马上就要通透
我们彻聊了一晚，为讨论黎明
蛙声如石扣，这是我第一次听到
世界的海潮在此刻终于安静
一场没有人烟的日出，老树折枝
东海岸线藏起了初升的朝日
但是天更亮了，海平面不再模糊
骄傲地承认粉白色的分界线
有一些谜你不懂，而我也在探索
像潮水复生，周而复始
现在，鱼肚白消失，我们比南方
更早一步醒来。你总该确信
在黎明时刻，这个星球的不远处
有一颗恒星在期待它的降临

难题：致白鹭

徐俊国

山水是我们的菩萨心，
诗歌是我们的深呼吸。

白鹭从来没有这样想过，
它轻轻一飞，
就解决了此岸到彼岸的
难题。

光

何不言

火车安静地开了很久，窗外
夜色中突然炸开一团光。
一晃而过，无声无息。
车厢里昏昏欲睡的空气，
突然热起来。我在年幼的夜晚
负气出走，在村口无边的菜地里乱撞。
青蛙扑通扑通跳进水沟，所到之处
声音全部停止。
安静下来，一个窸窸窣窣的声音
贴着地面向我逼近。
我哭得毫不犹豫。
此时，一个手电远远地晃动，母亲
大声叫唤我的名字，
准备和整个黑暗搏斗。

小　像

吕周杭

三月的鬓角低低探出花来
灯芯赤裸，懵懂者们贫穷而热忱

那些古老的火苗一直跳，一直跳
溅出水来滋养地上的水仙

我有多久没去海边

张勇敢

我有多久没去海边，海就有多久
没有冒险，没有将自己
置于惊涛骇浪之中

年轻的时候，我常坐在海边
无端泪涌。此刻，礁石囚禁失语之人
每一声叹息都必须有它充足的理由

鸟鸣剧场

付　炜

它们啄开我时，天色已暗

几朵野花正在白球鞋上燃烧

我不必晃动秋天，该落的也就都落了

那些鸟，晦涩如远树

在目光的围困下，透支单薄的翼

而古老的爱情，像同一个

陡峭的乐音，漫过九月的雨云

抵达你望向南方的眼眶

今夜，那些鸟鸣还将会再一次

将我啄开，我那语言的遁术

竟如往事一般失效，令自身的懦弱

暴露无遗，当时间的阴翳散去

你会看见我，缓缓咽下的雪和羽毛

重新降临在崭新的剧场里

也许你会跟所有观众一起惊呼：

"此何人哉！此何人哉！"

只听见鸟鸣啾啾，旋转然后坠落

你已经认识了孤独

临海的沙丘

臧　棣

在一片树林背后，它的气息
趋向强烈；似乎要将我们
熟悉的空气抽空。它躺在
它自身的赤裸中。我能感到
它强烈地吸引着我的兽性。
它不像我们，有里外之分。

它的局部随处可见
曲线柔和如交响乐的乳房，
尚未被亨利·莫尔的想象征服过。
而它的面部表情一旦被捕捉。
便让人联想到被幽禁的处女
是怎样对待陌生人的。

风的手时而有力地伸出，
时而轻柔地滑过：

变化莫测，却从不显形。
风的手比人的脚步
更经常地触抚到它的肌体。

风的狐步舞推进着我们的知识。
使她的形状像云，并且轻飘。
经过如此多遍空虚的抚摸，
它已毫无高度可言。
只有一种沉闷的风度，
展示着那不能完全溶解于
时光的存在的奥秘

用脚踩着它的侧背。
我能明显地感到它的肌肤
有一种深度：尽管松软
却无法穿透。我的践踏
也不能令它产生伤口，
或是类似的记忆。

我来到这里。我带来了
我的一切。但我无法和它
交换任何东西。我的生命
不可能在此留下痕迹。
我的抵达也不能被它的天真
所证实。更不用说遥相呼应。

雅　歌

树　才

六点钟，天空把我蓝透

凭什么？它的辽阔和虚静

我为什么这么早早地醒来？

我的嘴唇上为什么有甜味？

噢，伟大的美梦，爱——

我醒来是因为梦见了你

我梦见你是因为我会做梦

就在我以为一切落空时

你却笑着出现在我眼前

这就是太阳的隐喻吧

但你美妙的名字叫月亮

爱你，就是我后半生的事业

对你的挂念、操心和祈祷

充实着我每天的每一件事

此刻，我望着天空的一无所有

想着我此生的一无所有

是的，我仍然两手空空

但上帝把月亮都指给我了

是的，我仍然心存念想

菩萨说你就念这一个人吧

世界上有万物，你是一

人心中有万念，你是一

在我飞满梦想的心空中

只有你叫月亮

其他都是星星

我，一粒微尘，一缕风

就让我在你周围飞吧

因为你是发光体，你是！

说　出

大　解

空气从山口冲出来，像一群疯子，

在奔跑和呼喊。恐慌和失控必有其缘由。

空气快要跑光了，

北方已经空虚，何人在此居住？

一个路过山口的人几乎要飘起来。

他不该穿风衣。他不该斜着身子，

横穿黄昏。

在空旷的原野，

他的出现，略显突然。

北方有大事，

我看见了，我该怎么办？

在我的经历中，曾经有过这样的一幕：

大风过后暮色降临，

一个人气喘吁吁找到我，

尚未开口，空气就堵住了他的嘴。

随后群星漂移，地球转动。

秋日来信

林　莽

收到你的来信

已是中秋后的十月

你说你在病中写信

你说　你坐在江边久久地凝望

回忆大半生的时光

记起了少女时代的勇气和向往

秋风萧瑟　浸透了夹衣

我这里同样已是秋天

窗外　云淡天高

一支熟悉的大提琴曲

在我的书房里回荡

那声音仿佛是从心中淌出的

江水平缓　开阔　闪动着波光

是的　我们已面临生命的秋天

感知着岁月带来的凝重与忧伤

那沉郁的琴声

让我想起了苍茫的原野

秋日的河滩　丛林和草原

牛铃声声

消失于牧栏后的雾霭

你的来信还让我记起了

在异国他乡

晨光中一条寂静的街巷

一位老者在鲜花装点的阳台上

面对树冠　呆呆地向着天空仰望

他面容苍白　憔悴

生命　微弱得如摇曳的烛火般飘荡

而在那一瞬　油然而生的感触

突然让我的泪水涌现

我记起了母亲那张布满了皱纹的脸

还有许多永别了的亲人和朋友

大　声

杨　黎

我们站在河边上
大声地喊河对面的人
不知他听见没有
只知道他没有回头
他正从河边
往远处走
远到我们再大声
他也不能听见
我们在喊

莫名镇

陈东东

一条河在此转折
就已经造就了它
何况还有
两岸水泥栏杆的粗陋

剥落绿色的邮政建筑也足以
构成它
再加上两三棵树
阴荫里停着大钢圈自行车

小银行则是必要的设施
玻璃门蒙尘，映现对街
蒙尘的学校
广播在广播
广播体操反复的乐曲

另一些影子属于几个人
不愿意稍稍挪动自己
在桥上低头看流水
在家庭旅馆的椭圆形院子里
看一盘残棋浮出深井

百货铺。菜市场。剃头店
网吧幽暗因为从前那是个谷仓
于是

从电脑显示屏颤抖的对话框
到来者跨出，来到了此地
他其实不想找在此要找的，正当
这么个时刻……这么个时代

夜　景

桑　克

我坐在边座上。

我的热脸贴着玻璃的冷脸。

我望着移动的旷野。

我望着移动的旷野中的雪。

潜伏在旷野的褶皱中的雪，

是掩埋还是暴露荒凉的痕迹？

我望着旷野中稀疏的树木。

树木不摇不摆，无风无语。

我望着树木之后安静的乡村。

我深解它的冷，一如深解它的穷。

那安静是恐怖的皮！

我望着移动的孤寂的皮。

我仰望皮上辽阔的空虚：

北斗七星，七枚发光的钉子！

这暗夜，这移动的橙色列车，

这大地一动不动，让我欢喜。

两座森林

李　笠

它们控制着我的散步，这两座森林！

一座在屋子的前面，一座在屋子的后面

我爱在前面的那座散步

我熟悉那里的一切。走神，也能听见脚下

静夜的书写声，那抵抗虚无的活动

但现在我走入后面的那座

白桦，枫树……和离弃的那座一样

唯一不同的是那条灌木掩映的小路

它陡峭，布满锋利的石块

我攀爬，我膝盖的骨头响成风暴中断折的枝杈

新年夜话

王 敖

诗的城市，音乐的有轨电车行驶在
雪后树枝的地图上，有一朵椰子味的比喻，也是风的耳垂

在我们的谈话背后，还有降落伞盛开
混沌，深渊，漩涡，都是它开的关于乌贼的玩笑，什么

世界的地基就是无穷无尽的长蛇
盘着一只大海龟吗？你的深呼吸，临时造就了深海的好奇

起源的故事，总有类似的黑洞在唱歌，尽管浪漫却武断
一个就自残造天地，双方则缠绵到今天，让毕达哥拉斯都
无法

准确预言雪何时再次飘起，我们谁先入睡，颤动梦乡琴声的
小地震

雨夹雪

张执浩

春雷响了三声
冷雨下了一夜
好几次我走到窗前看那些
慌张的雪片
以为它们是世上最无足轻重的人
那样飘过，斜着身体
触地即死
它们也有改变现实的愿望，也有
无力改变的悲戚
如同你我认识这么久了
仍然需要一道闪电
才能看清彼此的处境

低　语

雷武铃

有时候你是空气，有时候
是石头，在我心里。
有时候你是闪耀在初夏树叶上的阳光
摇晃我。

有时候你是成天昏沉的神思里
突然的唤醒，
是一股春天清新的风沁入身体
甜蜜的知觉和欲望绽放。

有时候你是一种边际，一种深渊
让我突破，沉陷。
有时候你是意识的缆锚，担保，
每天醒来时，让我搜索，然后抱住。

有时候你是奔驰的列车，窗外

华北平原连绵的冬天。
纠结、裹挟着寒冷的雾气，又挺立着
落叶的树，在阳光照彻的坦荡土地。

有时候你是隐痛，是远离
是含在嘴里，却不能说出的名字。
有时候你是失去的家乡，永恒的参照点
测量我日益孤独的进程。

有时候你是热水淋浴而下时
突然的凝滞，是身体一直的震颤和欢愉
在原地伫立。
有时候你是火车经过窗外时大声的示爱。

有时候你是热闹的节日里私下的寂静
是伫望，出神，牵挂。
有时候你是大街上的堵车，窗口前的
排队、街树、行人、喧嚣尘埃之上的注目。

有时候你是错失，痛悔，
是校园树林里增多的月光让我抬头时
惊觉秋叶已稀疏。
有时候你是夜里突然醒来的恍惚，顿悟。

有时候你是一个墙体单薄的简陋房间里
纵情的欣喜，自发的歌声。
是沉湎寂静的圆满中，谛听世界
传来的声音；它们标出岁月静好的广阔度。

有时候你是时间结束后的惊讶，不理解。
有时候你是不忍睡去的深夜，
是欢会的高潮，是一朵轻盈、饱满的白云
不愿停下、不能停下、永远飘飞的渴望。

鹧　鸪

马　休

整个上午
鹧鸪坐在浓雾的家中一声声叫唤自己的名字

河对岸
所有走下楼梯的亡灵都以为自己还活着

老去的大堂

陈大为

每张遗照都像极了霍元甲

团团守住他们传下的大堂

永垂的目光如长矛交错

我不禁停一下心脏，缩一下胆

那年九岁，我跟父亲来领奖

前年我载父亲回来

蛇冷的暗绿回廊很静

真的很静——

只剩下老广西的老呼吸

一年颁一次奖，吃几席大餐

连麻将也萎缩成一盒遇潮的饼

藤椅独自回想当年的风云

会长大伯使劲撑起广西的大旗

但会馆四肢无力骨骼酥软

越来越多拐杖，越来越多霍元甲

久久被醒狮醒一醒

才醒一醒又睡去……

我把族谱重重合上

仿佛诀别一群去夏的故蝉

青苔趴在瓦上书写残余的馆史

相关的注释全交给花岗石阶

南洋已沦为两个十五级仿宋铅字

会馆瘦成三行蟹行的马来文地址……

在黎明天空由蓝转白的地方

陈克华

在黎明天空由蓝转白的地方
我看见浮冰正融化成水的海面
有那么夏日确切泛起秋意的一刻
我清楚望见你在黄昏完全没入夜黑的那一瞬
眼神由辉煌转为静谧的颜色

我步行向远山由靛蓝转为湖绿的地方
鹅卵石正分散为更细致的砾石再碎裂成沙
在一首歌最后颤音消失为静寂的当下
我确实在风开始流动的那端写了一封给你的信

趁这一波海潮退去而下一波海潮尚未涌来
趁上一个起念消失而下一次起念还未到来

拜访一个比你孤独的人

陈德根

不掩饰喜悦

也不掩饰忧愁

把微笑绽放给那个

把信封投进邮筒的人

目光追随那个深情地

从邮箱里取出信件的人

多少年了，我

常在人群中认出那些

用纸笔写信的人

和等待邮差摁响门铃的人

亲手给你写一封信的人

是这个世界上

唯一愿意在你身上浪费时间的人

拆开一封信

即使废话连篇

我也要端详一番

一字一句把它们读出来

信纸和声音会因此

一起激动地颤抖

一个孤独的人，总是愿意

另一个孤独的人

以这种方式去拜访他

一个孤独的人，总是愿意

以这种方式去拜访一个

和他一样孤独的人

算命先生

杨　光

坐在墙脚下，

世界空洞如你坑一般的瞳孔，

风吹过你就像吹过一截枯树桩。

没有人在意你的存在，

伸过来的胳膊，

大多同你一样凄苦，

命运，需要神的指点。

你一生在黑暗中摸索，

行走世界的背面。

叩问的杖声，响彻冷暖人间，

始终敲不开亮光的门户。

常常，一个急刹，

在你面前戛然而止，

一街尖呼。间或，

一声诅咒：

"瞎了眼！"

旧　像

翩然落梅

月光涂抹着仿造的东关街
新漆过的屋顶　热气渐渐消退
露出了沉默的闸头
拉胡弦的人在残破的廊柱下歌唱
抬棺材的和抬轿子的

影影绰绰　不言不语
仿佛微风中老槐树的暗影
二楼雕花的栏杆　老去的闺阁
女人们鬓插白兰花　蹙眉
低头向绣了一半的鸳鸯

而此时低头在骑楼下
急急向渡口　私奔而去的
长辫子少女　被风驻住
我依稀看见她腕上的银镯　和
手中蓝色印花布的包袱

干净清脆

张　维

　　我的外婆晚上吃了两碗稀饭
　　说这乳腐多香啊
　　然后在天井里和孩子们说了一会儿话
　　自己睡觉去了
　　第二天没有醒来　享年89岁

　　母亲说：这样的辞世
　　需要多少世的修行　多大的福气啊

　　我在读书台喝茶的一个下午
　　听到了一枚落叶
　　归还大地的声音：干净　清脆
　　忽然想起外婆的辞世
　　她归天的声音：干净　清脆……

黑夜这只野兽太大

金铃子

黑夜这只野兽太大，我一个人背不动

我还动用了繁星，动用了月亮

黑夜这只野兽太大

它的奸险是一米多长的獠牙，它的贪婪

是具有五吨容量的胃

它的凶狠一旦亮出来，一千亩广场也难以装下

黑夜这只野兽太大，比白昼的长寿湖

还阔，比沉痛的歌乐山

还重。我的悲哀，仅仅是它身上的一根汗毛

我的幸福，被它一脚踩碎

黑夜这只野兽太大，大得顶天立地

大得让人感到窒息。但是

我不战栗，我不惧怕

我不出手，我不杀了黑夜这只野兽。因为

我懂得如何观察黑夜，如何

珍惜白昼。因为，黑夜这只野兽每晚都要到来

所以，我准备了最大的灯盏

最大的胆量，最大的光芒

黄　昏

聂　权

杀猪匠感觉到软弱的尖刀的下垂

卖豆腐的发现，多少年

第一次将担子挑偏了

修鞋的一边收拾摊子

一边用手研磨膝间绕着丝丝疼痛的风湿：

"老了！"

手开始不知不觉地捶腰了

他们从盘踞半生的地盘起身了

傍晚，各自回自己的家

他们在那座灰蒙蒙的桥上，埋头

擦肩而过

互不相识，也不会注意

彼此相同的悲悯的眼神

那天空，有着铁灰般沉重的颜色

炊　烟

江一苇

这是一年里白昼最长的七月
山坡上蒿草的长势良好
遮住了另一世界渗出的寂寥

几个老人扛着锄头在暮色中缓慢回家
几缕炊烟像信号
暴露了几个残存的卧底的人家

大风之夜

马新朝

马营村以西，缓缓的坡顶——
你说，那里是审判场

冬夜，有人在那里高声地念着冗长的判词
黑暗紧闭帷幕，叮当的刑具，碰响
风雪的法律，没有观众
风在煽着耳光

在更远的砾礓沟，猿马驮着轰轰的辎重
那是什么货物？有人在加紧偷运
你说，那是人的名字

可是村庄里并没有人丢失名字
黎明，大地和坡顶安静下来
村边一座孤零零的小屋

低眉俯首。它说

它愿意认罪

江心洲

路　也

给出十年时间
我们到江心洲上去安家
一个像首饰盒那样小巧精致的家

江心洲是一条大江的合页
江水在它的北边离别又在南端重逢
我们初来乍到，手拉着手
绕岛一周

在这里我称油菜花为姐姐，芦蒿为妹妹
向猫和狗学习自由和单纯
一只蚕伏在桑叶上，那是它的祖国
在江南潮润的天空下
我还来得及生育
来得及像种植一畦豌豆那样
把儿女养大

把床安放在窗前
做爱时可以越过屋外的芦苇塘和水杉树
看见长江
远方来的货轮用笛声使我们的身体
摆脱地心引力

我们志向宏伟，赶得上这里的造船厂
把豪华想法藏在锈迹斑斑的劳作中
每天面对着一条大江居住
光住也能住成李白

我要改编一首歌来唱
歌名叫《我的家在江心洲上》
下面一句应当是"这里有我亲爱的某某"

冬　旅

古　马

年关近了
黄昏里次第亮起大红的灯笼

红光映雪，木栅低矮
炊烟熏醉山头的星星
醉了的，还有那明天将要合卺的新人
他们将要交换瓢中清水，庄重饮下
看见自己喜悦的泪花，出自对方眼中

大红灯笼的村庄，鸡叫前升起太阳的村庄
周围深山老林中
积雪压折松枝的声音一定令松鼠吃惊
人类的觊觎
一定令那沉睡千年的老参平添了几道皱纹

二十年前过此地

二十年后经此山

火车长长的嘶鸣提醒，那村庄并非我们的

村庄，那早已是山海关外白雪茫茫美梦一场

诗歌写作

吕德安

我离开桌子，去把
那一堵墙的窗户推开；
虫儿唧唧，繁星闪闪，
夜幕静静低垂。

在这凹形的山谷，
黑暗困顿而委屈，
想到这些，我对自己说：
"我也深陷于此。"

我又回到那首诗上，
伸手把烛芯轻挑，
这时一只飞蛾扑来
坠落在稿纸上；

身体在起伏中歇息，

放亮的目光癫狂，
等它终于适应了光，
信心恢复便腾身

燃烧了自己。前几天，
另一只更粗大的，
身上的虫子条纹
遮着天使般的翅膀——

也一样，都是瞬间的事，
我目睹了它们的献身，
使火焰加剧，而
光亮中心也是凹形的。

多少年，在不同的光里，
我写微不足道的事物，
也为了释放自己时，
顺便将黑暗沉吟。

第六辑

时代之颂

长江九章

王自亮

初见长江，它的湍急、阔大和包容，瞬间就征服了我。长江即史诗：它的曲折、它的多种面貌、它不顾一切向着大海奔涌的气势，以及死亡与新生。长江涌动着一个民族的梦想，当下生活亦具备了长江的速度、力量与美感。如此慷慨地，长江赐予我语言、精神与诗化叙事能力，我仿佛获得了《爱丽丝漫游奇境记》的神奇，更深刻和广袤地见证着这一切。

——题记

第一章　神圣之源

光芒如哈达。冰树将根须扎进天空，
点地梅、苔草与冰川，语言与太阳。
莫非长江是荒凉、寒冷与时间的杰作？
格拉丹东峰南侧一只雪豹趑趄不前，
它看到了奇迹：一滴水坠落成一条江。

风雪中沱沱河散开发辫，一缕青丝
一条逆光的河湾，一个坚忍的族群。

云梦在云中，震泽尚未牵动天台山，
直到青藏高原抬升，水流切开峰峦。
对话开始，鹿角与思想一起野蛮生长，
长江是奔涌的力，有惊世骇俗之美。
树枝向更高天空伸展，阳光的金币
撒向屋顶。劳作与问候，爱的惊鸿一瞥。
老鹰、岩石在水的围绕中，九州生烟。

第二章　都江堰

太阳王带着随从巡视他的疆域，
蜀郡太守李冰出迎，因水而焦虑。
一位名为"依云"的女子
美貌动人，河流般的腰肢，
却因颗粒无收得了浮肿病。

于是，李冰率领工匠、民众和兵士
果断凿掉离堆，除却沫水之害；
宝瓶口、分水鱼嘴、飞沙堰——
让引水与排沙时间上统一，空间上分开。
"深淘滩，低作堰"，有序的水网
像脉络一样，伸向焦灼的成都平原。

人民的梦想是水流、沃野与城郭，

需要见识与力量的伟大匹配。

试探水，计算水，五千言智慧若流水。

水从头顶流过，水从脚心流过。

一个神秘工程，石块、算法与直觉。

都江堰就像大禹静卧的身躯，

沉稳而血脉调和，气韵生动。

祭祀、炊烟与铁锹，听流水潺湲。

华夏的心机开放成一朵莲花。

水流的乐音，编钟悠扬，轮毂轻盈，

都江堰派生出水的信仰与神秘。

水不只是水。流动的食粮，飞天的愿望，

碧玉和蜡染。

第三章　朝天门码头所见

水中城，山峦之城，纪念碑上的城市。

天空、灯火与水波互为镜像，

建筑拓展了襟怀，星光悬挂。

人群与江水从不同的方向，涌向

可以涌动之所，举起枝叶或旗帜。

一切台阶都让精神引体向上，
波浪流进了血管，注入灵魂。

那是谁在这一带涂鸦，不分昼夜？
除了红辣椒，连口音都是鲜活的，
也看到钴蓝底色广告的紫色边框。
人们到哪儿都带上一束光，声音漂移
对应中交织、爱欲情义、离别重逢，
都置身于时空中心，声光电聚合。

走一步就换一景。天空不是水面，
大江并非玻璃，而人就像一滴水
被目光、灯光与波光轮番激活，
在流动中寻思。重庆有三面镜子：
江水、天空与朋友。

第四章　荆楚雄风

他"才饮长沙水，又食武昌鱼"，
期待着神女无恙、高峡出平湖；长江仰泳时
忆及《湘江评论》、冷水澡与农村社会调查。

物质、交换与文明，迁徙与融合。
新观念流动。车站、工厂、医院和邮局
于武汉兴起，二水温柔地分开三镇。

张之洞在此苦心经营，正如张謇振兴南通。
卢作孚穿行其间，漂流了一整条长江。

汉阳铁厂的机器翻译了过往轮船汽笛声，
洋人震惊于"化铁炉之雄杰，辗轨机之森严"。

江西蜡梅与昆曲对谈，九条江谛听。

有诗人发问，亿万年江南古陆沉寂着
并且剥蚀，怀想海潮呢，还是另有所想？
最终，他认定长江是伟大的先行者、召集者，
火光、炊烟与生物多样性，随之而来。

曾侯乙墓编钟，音乐赋予长江
更多流动性，而波纹和水流声进入楚乐。

湖北人，无论何时都需要民歌、编钟与神女。
水患之时，大疫当前，也会默默地打量
蕙兰、杜衡与大桥，珞珈山樱花。

第五章　夜渡长江

水从远处奔过来，太息混合着惊异，
从未有过的汹涌起伏与胸齐平之感。
不知是人、是鱼，还是从那些船只

发出的，都能听得到血液与水波

互相撞击，生命的体验胜于一切；

长江也倾听自己体内发出的各种声音。

那一晚，众人所乘的渡轮像把刀

猛然划开长江。这是一艘

整体性的船，东海大灰鲸。

堤岸近了又远，航向改变了视觉，

与陆地不同的是孤独感默不作声；

所有乘客，包括你我都打开感官

就像在花园中辨认玫瑰与月季的细微差别，

辨认波浪的史学含量：来自赤壁

还是九江；是武林高手搅过的浑水

或者是，流浪者洗濯过的清浅之流？

江岸上释放日珥般的光焰，宝塔之剑

直指深紫色雾团，星辰俯身探询。

第六章　南京城

这个巨匠，雕刻一座城市长达两千余年。

它不是米开朗琪罗，"它的名字叫长江"。

以时间为质料，水就是雕刻刀。

一段在天然山岩上修建的城墙，

石质为赭红色，怪石凸起，其状狰狞，

这里被人称之为"鬼脸城"。

六朝金粉，灯影桨声里的秦淮河，
朱雀桥、乌衣巷与青溪互为问候。
皇家花园枝叶扶疏，木芙蓉初开。

雨花石颜色来自世界的本原，
经过水的冲刷，山石打磨而成。
血迹斑驳：从杨邦乂、方孝孺
到南京大屠杀的受害者。

浑天仪。鸡鸣山高处的测候台，
"司天者"夜夜鹄立于此，以观天象；
他还留心听长江流经的涛声。

南京，由长江雕刻而成，曹雪芹书写而成，
秦淮粉黛们弹唱而成，萧统编撰而成，
祖冲之计算而成，刘义庆世说而成，
特别是，顾恺之点睛而成。

石头城，诞生于水。
一只迷惑于浩荡江水两千多年的老虎，
天文望远镜是它眨动的眼睛。

第七章　下扬州

下扬州之后发现《广陵散》未成绝响，
鉴真和尚身披金光，瘦削，眼含水波。
瘦西湖腰带是谁遗失的？屋檐上
一只彩绘风铃叮叮当了千年。

水流过。长江与运河交叉着流过。
扬州不仅扬波，也是道路、堤岸与味蕾；
是虹桥修禊，画家们怪诞而狂放的笔触。

水流过。财富、音韵与方言同时流过
货轮在江面留下航迹，直到被风抚平，
并融入最后一抹绚烂的晚霞。

这是什么语言？如同河流汇合，你中有我。
个园、盂城驿与淮扬菜系，长江天际流；
这里宜清风、宜月色、宜微雨、宜老饕。

扬州，水网般的道路，繁忙的河岸。
船只如警觉的鱼鹰，眼神锐利：
"一个流动中的城市就是流动本身"。

投子寺钟声，望海庙梵音，古运盐河

岸低水阔。路上有人轻声地问起：

"扬州是画舫，还是它周边的水？"

第八章　太仓，六国码头

观光客声浪拍岸，这些新人类。红色吊塔
伸出夸父的手，握住集装箱的"耳环"。

"九桅帆船如何完成传说的航行？"
水面开阔，怀疑论者总是渴望真相。
又有谁，想起郑和当年走到船舷
微笑地注视着晕船的北方扈从，
海船列阵，从太仓出发……

在这里，江水变得宁静。庞大的船队
留下空无，如同时间疾驰而去
留下神秘的马镫。

之后是商贸，是漕运，是货物之便。浏河口
船只云集，"蛮商夷贾"都来这六国码头，
港口弥漫着龙涎香、朱砂与胡椒的气味，
一个交往频繁的时代
散发出难以形容的混合气息。

"过洋牵星术"因卫星导航而搁置，

那些船首的眼睛，却一刻也没合上。

妈祖与铜缸中的荷花争艳，天妃宫

一粒白色苔米试图去拯救

神话的沉船，于万里之外。

长江成为休假中的航行者，

一个来自格拉丹东的水手。

第九章　外滩传奇

黄浦江堤岸的拍击抵消了恐惧，

渡轮上压低的喇叭扩散乡思。

没有一朵云不经过渲染就能过江，

太阳、船体和吊塔组成"新星系"。

大上海不是没有"前世记忆"，

只是没人勇于说出祖辈的群山。

由幕墙、大理石和街灯组合的

情景，远比鸡尾酒复杂绵长。

黄浦江的安慰，是海关的时针

与江堤上出神者构成醒豁的符号；

是化工厂改建之后的残余气味，

漂移到淮海路花园，与丁香同眠。

没有一条江包含如此多事物，

"长江流日夜，世界刻刻新"。

噢，天际线！噢，记忆中的动荡！

迁移或逃逸，携手，相拥，挥泪，

没有一个人能在离开上海时，

不到外滩逡巡一次，或逗留片刻。

霓虹灯下的巴士，水影与建筑，

总是将旗袍包缝、滚边或整熨一番。

黄浦江，将大上海劈成两半，

像一把锋利的剪刀裁量东方。

在那些领航员的微妙感觉里，

置身吴淞口，等于甲虫被裹在琥珀中，

他们目睹黄浦江那些灰青色水流

长江夹杂泥沙的黄褐色浪涛，

与东海浅绿色波澜，互为激荡，

在时间的深处合拢又绽放……

檐下，是我的整个滇西

海 男

通过檐下，细雨会编织得更密集

像眼帘或花萼，获得了暂时的稳定和清晰

檐下，是我的整个滇西，是洱海、玉龙山

是腾冲热海、蝴蝶泉、怒江、丙中洛、奔子栏、梅里雪山

檐下的我，是替代忧伤的诗歌

替代灵魂、替代晴朗的夏季出发者

出现在檐下的是我的滇西，是高黎贡山

是云南驿、沙溪、沧源、孟定和缅甸的接壤线

檐下的丛林挡不住那些风光无限

通过檐下的纵横，我们像幽灵样周转不息

出现在檐下的是三塔、碧落雪山、纳帕海

是喜洲、永德古茶山庄、彝人古镇、泸沽湖、瑞丽

檐下，是缠绕我们眼帘的水景华筵

通过它，我们让词语历尽了锤炼，最终像一个词一样抵达了
最远的——云县

士兵的二十四小时

董庆月

一

站住！是的，我早就已经停下来了
听到这些风中的歌声，恕我直言
一种纯粹的爱，占领天空
再不需要澄蓝、白云、大雁、阳光
每阵歌声都拥有它们各自不同的质地

听到了这些风中的歌声，恕我直言
我想哭，我想拥有一场爱情
我想笑，我想奔跑着去亲吻太阳
穿过士兵们的胸膛
不同地域的方言正举旗迎接我
且不易发现，它们藏在言辞的仓库
早就盛满了温暖、燕子、轻盈和花朵
甚至我窥见他们

幼时唱着白云般的歌谣

这是他们最柔软的部分，也是我的

你听吧！在歌的旋律中，歌的意境中

他们一直打打杀杀，神情冰冷

却一生正直

他们奔跑、据枪、格斗、操作信息装备

就是某个音符，某个乐段

一天二十四小时，士兵们在放声歌唱

二

今天早晨你知道我都做了什么？

天刚亮，六点二十分

一个哨子把我从床上拽起来

我猜它肯定把一条绳子拴在我的腰上

每天它都像是乘巴丹吉林的风疾奔来的

是从戈壁滩那边向白杨林欢呼来的

而且还操控了时间

两只耳朵里一直回响着它嘹亮的声音

下楼集合我看见月亮停留在

西边楼房顶上的天空

像白瓷的盘子，那么大，那么圆

然后迅速列队，沿着四百米的操场

跑了几圈

月亮却隐藏起来，不见了

是的，我又回到了刚才列队的地方

练习军姿

树木、烟囱、哨子、困意的云

都和我一样，在静静地等

东边那头闪着金色光芒的狮子

整整半个小时，终于清醒了，还有我们

作为战士，最高的效率是条件反射

是什么力量，无数自来水管共同发出

哗哗脆响，还有整理内务时紧迫的表情

告诉你，我要开饭了

你最好跑快点，绝非危言耸听！

风在吹，一个又一个排横队的

列队报数声，整齐向左转

"嘭"的靠脚声，行进跑步声

唰唰嚓嚓，唰唰——嚓嚓——

指挥员抬起双手

你听——"这是一个晴朗的早晨

鸽哨声伴着起床号音……"

三

十一点四十五！

你要问，中间黄金四个小时呢？

具体的过程是：八点整

一些士兵用纸壳、炸药包制造模拟炸弹

一些士兵练习穿着排爆服

就是那种常在电视上出现，需要两三个人

协助穿戴，近四十千克重的防爆着装

到我上场了，计时器的声音一直催促

我必须轻，保持镇静的姿态

像一只狼狩猎时睁大眼睛竖起耳朵

让我的眼睛，我的右手服从我的心跳

我的剪刀

绝不能将炸弹弄疼

是这样吗——

似乎刚才我排爆失败，点燃了太阳

西边那群晾晒青春的士兵

汗水从脸颊滚落到枪膛上，错落响亮

把两个小时平均分开，是酸、是

疼痛、是麻木，到最后是失去任何感觉

或卧、或跪、或站立姿势

再或者仰身朝天

透过准星，沿着优美的射击直线

寻找前进的太阳

有时也偷懒，偷偷侧脸一望

猜想那些坚毅的眼神，如何在风中

巍然挺立

或者看一眼子弹出发的那个枪口

狭窄、黑暗、神秘，却始终充满希望

食指欲压、轻轻扣动的瞬间

我全部的幸福和快乐来自一个灿烂笑容

以及那些生活愉快的人们

太阳要开始直视我们了，是时候

返回营区了，听，我们齐步走来了——

"钢要炼，铁要打，宝剑要磨枪要擦

战士最爱演兵场，汗水浇开英雄花……"

四

十二点！快快向右看齐

而后跨立，快快打开喉咙

就像打开一条河流的阀门，让水奔涌起来

就像一只狼怒吼着、咆哮着，争夺王冠

就像一阵经过巴丹吉林的烈风

在沙漠里肆意地上升、下降、狂奔

你听——"团结就是力量

这力量是铁，这力量是钢，比铁还硬……"

是的，你会看见一个闪光的东西

在长期的一种快节奏中

在不同的元素、不同的空间

至热，或者至冷里

它有无声的威严，甚至早就成为真理

所有的欲望要洗濯，也需要

焚烧、净化

沉淀的需要沉淀，舍弃的必须舍弃

我们遵循一种顺序而越发自觉

一路纵队有序进入食堂，摆好碗筷

沉默而严肃地等待一个命令

快快快吃完饭菜

甚至没有品到饭菜是什么味道

甚至吃完还不知道自己饱了还是半饱

只是快，快，快

然后日复一日，永不疲倦

我知道你会有疑惑，但是

我想先问你一个问题：如果远方有战争

或者现在你正处于一场战争中
如果你一分神，敌人就会踏过界来
战车、弹炮狠狠地驶入，紧而愈强
那么时间是什么？
纪律是什么？

五

两点三十！你说哨音和鼾声辩论
谁输谁赢？当然是哨音赢
它那急促而热烈的声音
一开口，我们便迅速响应——
下楼列队集合、向右看齐、报数
教育课前，指导员领唱一首歌曲
"学习雷锋好榜样，忠于革命忠于党
爱憎分明不忘本……"
似乎一阵风跟着这首歌一起来了
披着清晨稀薄的雾，带着凉爽
远山清醒了，草木清醒了，包括我们

"同志们，今天我们谈论'英雄'"
接着，指导员在黑板上写下
两个大字：英雄。
刘胡兰、董存瑞、邱少云、杨靖宇……
他们的名字都很亲切

黑板上每写下一个名字，都能看见

他们的胸膛高挺，步伐整齐的样子

他们卧在炮火最浓密的地方

他们匍匐着，向喷射子弹的战壕前进

还有，把自己的生命

交给炸弹！交给战争！交给信仰！

他们都是些善良的人啊！

当我某一天出发了，走向战场

装上刺刀，我一定要第一个跃出战壕

在震撼天地的冲杀声里

在决不回头的一致步伐里

在紧密的爆炸声里，勇敢啊——

挺进啊——我会努力成为英雄

哪怕我会被忘记

将来谁也不知道我的名字

六

五点整！夕阳落下

从巴丹吉林路过的风落下，树叶落下

竟是那么迅速

从四百米障碍高板墙落下，水平梯落下

独木桥落下；从矮板墙落下

高低跳台落下，弹坑里的影子落下
一百米冲刺时扬起的沙尘落下
从一分四十九秒的成绩停下

此刻我的状态是：
天旋地转，双脚发软，呼吸痉挛
久久弯着腰，眼睛紧闭着急促喘气
但是我听见战友们向我发出欢呼

你能想象到吗
我在他们看不见的时候给自己加码
我要求更多些，更多些啊——
我要强壮，我要不断负重奔跑
我要不断冲刺、推举杠铃、做俯卧撑
我要让自己成为刀，成为剑……
是的，每一位士兵都是这样
在你们眼里，我们是一颗星星
我们的每个角，每一寸皮肤，每一滴
汗水、泪水，每一道疤痕都闪耀着光

训练结束，五分钟放松身体
然后列队集合，轻飘飘的一片落叶
从天空落下，路上野花粗糙的微笑
左脚落下，齐步摆动的胳膊交替落下

你听——"日落西山红霞飞，

战士打靶把营归，把营归……"

七

六点！方队到齐了

一首歌也在组建它的军队

一排排生铁的兵器，跨立着列阵

发出一种钢铁碰撞的声响

激情四射，成为晚霞的一部分

一张张肃穆的脸，在歌声中渐渐舒展

"听吧新征程号角吹响，强军目标

召唤在前方，国要强，我们就要担当……"

这样的时刻，嘹亮变成了旗帜

歌唱成为一种进攻方式

不用想了，这是机枪扫射而出的子弹

是千万发反复打磨的箭一齐射出

是千万个勇士举起的拳头

歌声消失了，一个庞大的军阵暂时散寂

那些紧张、湿漉漉的时间

现在允许剪断，组成新的节奏和表情

士兵们细嚼慢咽，像在调整一天的呼吸

八

这是我第三次打开诗集，六点十五分！
核对晚霞、城镇，雪山上的光亮
没错了！打开窗子
微微闭上眼睛，再深呼吸一次、两次
那些铭心刻骨的时刻悄悄回来了

但我要告诉你，我用一张稿纸
把断裂的时光匆匆卷成一幅、两幅画
把训练场上站着的、躺着的石子
点化成黄金
稿纸上每个词语，都是今天我走过的
脚印——汇集起来，一行一行
气势浩大
那些滚烫的热汗、酸痛记忆
被缓慢而优美地分解了
一支笔倒下去的身影化土、化绿、化火
也具备一位士兵特有的属性

那些关于我们生活的诗歌
我要慢慢写出
还有那种红，那种热情、凝聚力
那种火焰之美，还有——还有——

我的诗都发表在蓝天里

你只有细腻温润，懂得一位士兵的履历

才能去除白云似的水印，清楚读到

九

这条射击距离怎么变得这么长啊！

那个百米开外的靶子又是在什么时候

动了起来？

八点整！我这样想着

动来动去

四肢总被地上坚硬的石子偷袭

班长短促的，激昂的，殷切的口令

像一把剑刺击着我的心

也刺醒了青草、白杨和满天星星

好像它们满怀怒气与好奇

互相飘撞着，一边捶打着道牙石

一边看着我们装上夜间瞄准器

一条红色光线直直，直直射向目标

我必须一动不动，否则会被发现

沿着标尺觇孔、准星和那颗头颅

这射击要领中的三点一线

我看见靶子上的那人眉清目秀

眼睛一大一小，嘴唇生而红润

一张英俊的脸，就像我

那人皮肤的颜色，不突出的喉结

敞开的胸膛……也像我

咔嚓，咔嚓——

左手拉动枪栓，让子弹上膛

右手食指欲压扳机——"呯"

那个人就是我！

其实靶子上什么都没有

只是一圈一圈的环数

因为班长在第一堂射击课就教给我

射击的真正敌人是自己

十

八点五十五！

士兵花名册、收获、失望与期盼

统统在这一刻集合

"军人的血性，在冲锋号中锻打

一切为了迎接，假如战争今天爆发……"

当歌声在黑夜里庄严远去

它指引了雪山、星星、生命、归宿

一切都在歌声里崭新如初

一切都在歌声里苍茫、年轻、绽放

熄灯号吹着，吹着，没有声音

闭上眼睛，整个世界多么静，多么静

现在你也闭上眼睛吧

你的视野会涌现浩渺的大江

只要我的嘴一张开，它就会湍急

甚至压迫你，撕碎你

可是你不会感觉到我内心的风暴

你无法逃离那歌声的熔炉

七十三个补丁

梁尔源

一件睡衣

虽陈旧得发黄

但仍遗留着太阳的体味

翻开五千年春秋衣柜

这是唯一打了七十三个补丁

辗转了二十轮春秋

渗透着半床书香的睡衣

那些匆匆而过的锦衣华服

都在历史长河中暗淡失色

睡衣中裹着的平民情怀

补丁里缝上的普天大爱

无不使景仰者惊诧

扪心而潸然泪下

倒转时光的镜头

历史的蒙太奇中

老棉袄裹着西柏坡不眠的眼神

旧军装经纬出南泥湾的五线谱

草地上的褴褛

挂着雪山的千疮百孔

井冈的粗布军装总被战号吹破

硝烟编织的二十八载

朴素裁剪的真理

遮盖了奢华装点的虚伪

当曙光在东方驻足

百废待兴的版图上

中南海那件伴随灯影的睡衣

每一个补丁都缝着

岁月勒紧裤带的印记

小草衣不遮体的念想

山河食不果腹的牵挂

每一个补丁

在用力堵塞历史周期率无法抗拒的漏洞

铭刻天下黎民那些美好企盼和期许

回答着共和国赴京赶考中的那一道道难题

七十三个补丁

七十三道诫勉

七十三个补丁

七十三种慎独

七十三个补丁

七十三声警钟

长撼天下

余震绕梁

在人间这个 T 台上行走

必常揣如履薄冰之危

在乾坤大海中楫舟

切莫忘水可覆舟之鉴

绫罗绸缎拼不出圣洁的灵魂

珠光宝气从不炫耀高尚的情操

精神的富有何须收藏万贯家财

面对睡衣裹着的高洁

膨胀的私欲已无脸自容

在一块块圣洁的补丁前

对"大款""大腕""大牌"疯狂追逐的稚嫩

无不在悔恨中自省

那些遗存的无声教诲

让恣意挥霍的盘中餐羞愧

几千年积攒的美德

将小康装扮得朴实无华

红色基因遗存的精神衣钵

已成华夏子孙的青春选择

在世纪的狰狞绞杀面前

要呵护用二万五千里脚印

缝制的浩瀚版图

拳拳初心切不可松懈

这百年锤炼的

制胜法宝和独门利器

注：在韶山毛泽东同志纪念馆陈列着毛泽东同志在世时穿了二十年、缝补了七十三个补丁的睡衣。

你的喀喇昆仑
——献给卫国戍边英雄

王方方

春风已过。深藏于内心的呼唤，
化成一株三角枫的绚烂——
此时，落红惊扰晨光。
唤醒曾经的背影需要一滴热泪，
爱上简单的生活，需要一场执着的守候。

层层水花泛起，你从边缘
望向中心的风暴。草叶之上，
鸟的啾鸣唤醒了荒原，
太多亲情和节制的愤怒蜂拥，
站立于"黑色岩石"，你想起
临近朝阳的丰盛。守着面前的洪流，
继续袒露深渊和脚印的幽暗。

喀喇昆仑，这灵魂蛰伏的雪白鸽群，

让你回归初春结冰的水面，你的兄弟

以一种独特的方式道别。

九十九次反复，从战争的根部

考量坚韧的正义——

红色的界碑，一棵胡桃树迎着雪花，

展示血液里远古的继承。

这里没有神仙和魔鬼，

只有滚烫的脸庞，和把战争囚困于地图的

青春，在云朵上守望。

你的脚印、汗水，被这湾土地记录，

身影穿透远方的风和更远的远方。

铿锵的呐喊，从你的内心取出更多的道路。

寒风中，你围绕生还或牺牲，

一笔一画，认真描摹。

似乎被隐匿的词汇流动着，

闪电的笔触。一缕缕的波光，

汇聚在浩瀚的大河之中，

生成，或者破碎。相对于

流动的水滴，你和战友不是过客，

一些爱与恨的古老文字，

努力躲避，也努力寻找。

当在河谷巡逻，你像无名的石头，
采集山顶的消息。黄昏泥沙般陷落，
春天不断突破围堵。挺立的背影
勾勒出祖国的版图，
"宁将鲜血流尽，不失国土一寸"，
深沉的呼唤，回荡在六月……

在边防线上，石塔、尖峰
无法让你停下脚步，迷彩成为
一颗石头，冲破暗流与震动，
让定格的战斗一瞬间抵达。
此时，如果执着于某一种美好，
如果感喟共有的生命，
这些显现和消隐，是瞬间的，也是永恒的。

"我站立的地方就是中国"，
此刻，面庞闪耀，青草明亮，
季节的声响，雕刻滑落的星辰，
将你坚毅的影子，再次投入另一种涟漪。

奔跑吧，武汉

杨清茨

一碗、两碗、三碗、数百上千碗
户部巷香气四溢的热干面
以喧嚣重拾过往的烟火气
长江大桥晴川桥重新驮起往昔的车水马龙

晚樱将红或白的旖旎开在了白云黄鹤之上
久违的笑容是一束束破开雾霾的阳光
我曾让自己躲藏在一个冷暗的门后
但希望从未消逝于心头
爱，从来就是磨山脚下美丽风雅的梅花香

江边钟声的悠扬再次敲响倾城的花香鸟影
樱花是一江缤纷的春水在流动
快递、外卖小哥如风飞过的身影
是流淌在长江里奔流不止的血脉支流

我看见，街上的车子撒腿欢跑

地铁、火车站闪动着熙熙攘攘的人头

汉阳门码头的渡轮已铺开四月新的诗篇

江面的航笛吹绿了远山云烟

等风的船、水上的人儿慢慢靠岸

摩天轮在空中划过一道美丽的弧线

孩子亮晶晶的眼里飞出一只只羽燕

家人在身边，喜悦在眉梢闪过

幸福，就如晴空一样广阔、高远

花草井然有序，树木吐故纳新

热情是藏于心里的火焰

汉口街头步履匆匆，抢夺失去的时间

珞珈山上清朗的读书声

每一声鸟鸣都传递勤学苦练的希望

将一抹暖色，从天际一直染到炭火

晚霞做伴，路过的风也会羡慕人间的野餐

江畔在夜晚释放出满天的繁星

去东湖绿道骑骑车

去江汉关看看灯光秀

霓虹灯下的"漫咖啡"消融了精神过去的疼痛

疫情是一抹逐渐结疤的伤痕
万物在春光里笑着赎回尘封的记忆
春雷轰轰，世间一切都在开始忙碌
汗水在激情点燃的健身房
挥洒一场场纷飞的春雨
春天欢呼每个人甩开双臂扭动腰肢

玫瑰、百合、郁金香早已盛装打扮
从冬天跋涉到春天的嫁期
红红绿绿的欢喜捧在情人的手中
每一座青山都需要绿水相伴
每一个生活、工作在这个城市的人
那是生机盎然、繁衍不息的源泉

安心是一座无往不胜的城墙
让我们共克时艰，真诚期待
为这座古城因爱而爱
为我们站过的屋檐、许过的心愿
带着一城美丽回忆归来
从此雪消风自软，梅花合让柳条新

这是中国，这是武汉！
谢谢春光明媚时，你正好也在
经历生死，愈知珍贵

终见黎明，好久不见

我在春天里向你、向世界奔来

我在春天的一声声呼唤里，奔跑

入村访贫

赵之逵

不远处，传来犬吠声
一听就知道，村里来了外乡人

去年初我来山乡驻村，入户扶贫
手里，总握着一根木棍
不知道：放养的狗，都不咬人

一年又八个月，如今
风见到我，不再陌生
没有村干部引路，我也能
找到每一个贫困户的门

村口那棵成年卫矛，弯着身
仿佛要替我收缩风冷
从土屋里
走出来满脸慈祥的彭家老人

趴在屋前晒太阳的大黄
见是我，一声不吭
闭上了猛然张开的眼

尾巴摇两下，算是欢迎故人

迎春花

秦立彦

哪怕是在雾霾里，
在刚刚下过一场雪的日子，
在水泥的马路边，
隆隆的车声之中，

它们依然开放，
仿佛一盏盏灿烂的灯。

它们只有一个执着，
就是抓住永恒中这属于自己的一瞬。
它们把全部的热情都贯注于此。

万千未开的花蕾，
如同搭在弦上的箭，
不能不发。

否则，过去一年的沉默是为了什么，
为什么要忍耐寒冬和别的一切。

"我们的日子来了"

缪克构

1949 年 5 月 27 日
人们将这一天
称为上海的早晨
这一天的早晨下着雨
人们在沉沉的黑夜里醒来
在潮湿的、寂静的
枪声平息的时刻
打开家门——
世界不一样了！世界
开始有了色彩
那是被一面面旗帜染上的
喷薄的红色和盈盈的笑意

多么喜悦哟
这欢快的晨曲
昨日还是布满碉堡街垒

阴森可怕的街道

现在已充满了节日的欢欣

多么喜悦哟

工人和市民的队伍、学生的行列

出现在街头

标语上写着——

"我们的日子来了"

多么喜悦哟

这早晨的歌谣激荡着

给每一个战士

献上一朵胜利花

多么喜悦哟

这欢呼的锣鼓声

把伟人的巨像

在世界的大门前挂起来

没有一个早晨不会到来

黎明，那薄雾的晨曦

仍带着寒意

黎明，那亮光蝉翼般张开

是这样的，用了千钧的伟力！

黎明前，那是怎样凝固的黑暗

一定得用镰刀、锤头

去敲打，去击碎，去摧毁！

大地啊，那是怎样坚固的牢笼

一定得用鲜血、生命

去挣脱，去革除，去改造！

只有经历过苦难的人们

才会深深体会光明的分量

只有经历过囚禁的人们

才会深深懂得自由的宝贵

那么，就让我们弹奏一首交响曲

去告别那个漫长的黑夜

那么，就让我们用一个崭新的时间

去命名一个早晨的开始

"我们的日子来了"

咖　啡

袁绍珊

那年在土耳其，除了喝剩的
幽暗占卜术和冷掉的咖啡渣
女子依玛对未来没有一点把握
她和黑色大陆的咖啡豆，和种植它们的农民长得没有两样
世界也许是平的
可天秤，还没有从天降下

滴漏的，微苦的，到底是越南的甘蔗林
还是法国的露天咖啡馆？
五十英镑一杯猫粪
依玛在日光中恋爱，流泪
消费着带自由气息的离愁别绪
看，黑色的金子流入中国星巴克……

赌场外，穿蓝衣的警察对穿迷你裙的她说：
其实澳门差馆的咖啡也不差

不对，不对，那年依玛其实一直在香港
用巴基斯坦的声线，混迹于旺角的茶餐厅
像一杯鸳鸯，在这春风沉醉的晚上……

叮咚，三点三了，刚出炉新鲜的零件
装嵌着世界的壁垒，这是凌晨三点零一刻
她已分不清这是深圳还是东莞的工作间
任何一罐咖啡都比她清醒
任何货物都比她去过更多国家
研磨，泡煮，滴漏，重力，加压……
工作榨取着她身上所有的可能性
她榨取着想象力的黑色汁液

收藏家

轩辕轼轲

我干的最得意的

一件事是

藏起了一个大海

直到海洋局的人

在门外疯狂地敲门

我还吹着口哨

吹着海风

在壁橱旁

用剪刀剪掉

多余的浪花

瞭望者

阎　安

戴宽边草帽的瞭望者

他的可疑的行程　在夏天的北方

走向高潮　他的忽而被群峰突出

忽而又被幽暗的峡谷藏匿的行程

在渐渐靠近沙漠时

明显地慢下来了

一边是草原　一边是沙地的情景

令他迷惑　他看见

一条河流摇摆着尾巴

和一条受惊的慌不择路的蜥蜴

他们结伴而行　消失般地奔赴远处

我是在一辆比河流跑得更快的卡车

一晃而过时看到瞭望者的　我看到了宽边草帽下

他的阴影都掩饰不住的迷惑

和他的在高潮中夹杂着些许落魄

而忽然停下来的旅程

在紫阳古街谈一场恋爱如何

荣　荣

在紫阳古街谈一场恋爱如何？
于时间深长的纹理里嵌几个专属于你俩的日子

在那里私语　登楼　看日落
秉红烛　吟哦诗书半卷

在那里净手　焚香　许小愿
一吻白头　一诺百年

谈得少年老成老当益壮壮怀激烈
谈得地老天荒历久弥新今夕何夕

谈出唐宋遗韵明清格局　谈得正经正宗
让别处的恋爱看上去总像匆忙中反穿的内衣

也谈出小小的众怒：这无法追赶的幸福！
而你们只管沉浸其中　千万不要回头

我发现他眼里的光并没有熄灭

万建平

那天早晨下大雨，我来到扶贫对象老闻家里
天晴漏阳光的屋顶，也在漏雨
床上、桌上、地上摆满了接雨水的锅与盆
老闻与他相依为命的残疾儿子各占一块干地而坐
一边稀里哗啦就着萝卜干喝着稀粥
一边聆听着"屋漏偏逢连夜雨"的世纪交响曲

站在堂屋中间，我跟老闻开玩笑说
你这房子风水真好哇，坐在家里
就可以收获上天的"恩惠"
说完，鼻子一酸，滚烫的泪水在眼里打转
老闻和他的儿子仍旧低头吃着早餐
把碗里的稀饭萝卜干吃出了别样的清欢

我并不是一个容易动感情的人
只是这人间的贫穷太过生硬

一不留神就会戳痛我的泪眼
我知道，贫穷面前泪水是最廉价的帮扶
我已将自己的信仰抵押给一个时代
换来一窗阳光，补严他家漏洞百出的生活

我语气坚定地对老闻说：穷无根，富无苗
幸福都是奋斗出来的。老闻看着我不说话
我发现他眼睛里有两粒微光在闪烁
我从来都不怀疑：情感是人性的黄金
这人间还有比萝卜干更值得期待的早晨
这世界还有永远不会缺席的大爱与道义

篱笆小院

李欣蔓

比篱笆里的桃花早一些
牛娃随父亲去了海南
爷爷的影子放在相框里沉默

细细的横梁长满青苔
檐下，蛛网缠住生锈的镰刀
风车倒在墙角被杂草簇拥

院子越来越空
一群鸡狗从门前溜走
只有那棵倔强的老桉树
斜出天边

阳光照着低矮的房屋
有人离开，有人来临

院子被一位画家租赁

绿树掩隐，蝉声鼎沸

围墙上山水起伏

大门上红纸黑字

上联是：荒芜之地

下联是：世外桃源

陈家湾（外一首）

周碧华

一湾又一湾　陈氏在云端
寻找到这个村子
我必须由湘入鄂　再由鄂折返
导航失灵了　只有一只鸟带路
它忽隐忽现
像云中神仙
我深信它是陈家湾派来的向导
鸟语含着浓重的当地口音
它最后歇在一块巨石上
顺着它的目光
林深处露出一角飞檐

脱　贫

从山外找来贩牛的人

贩牛的人说山好水好牛也好

就是骨头散架了

我听出了他的弦外之音

请求他用价格扶贫

老陈颤抖着点完一万二千元钞票

已牵上卡车的牛回头望了一眼

我发现牛和老陈都在流泪……

回　家

潘洗尘

没做过父母的人　惶惶不可终日

年复一年地在路上——回家的路

而所谓的回家　就是不停地

来来回回　这符合一个孩子的天性

血浓于水　无话可说

这恐怕是父母和孩子都老了的缘故吧

清明的细雨中　我看见年近八旬的父亲

仍和我一样　佝偻着

跪在祖父的坟前磕头

再想想自己　最终也要和烟波浩渺的往事一起

安卧在这一撮黑土里

这就是我的家　我的每一个家人的家

世上所有人的家

忽然夜半醒来　被独坐床前的母亲

吓了一跳　母亲的眼神

犹如五十年前　看自己怀抱里的婴儿

这一刻我暗自庆幸　到了这把岁数

父母依然健在　自己仍是一个

来路清楚的人

立 春

顾不白

炉火灭了
在星期二上午

亲手劈的木柴早已烧尽
我左手攥着一块钱的红色塑料打火机
右手高举《标准答案》：
为了虚无的温暖值得放弃良多

卷了毛边儿的语文课本刚刚烧完
——烧得很细，灰烬中散发着
榆木的清香

隔壁新婚的男老师告诉我
山顶的雪就要下没了
他喜不自胜地计划着三月初打野兔
给未出生的儿子编一顶兔皮帽帽

可寒冷还没有结束
积雪覆盖着村庄背后的整座山峰
负责看守院门的土狗又老又昏聩
它年轻时的惊吠
日夜盘旋在我粗糙冰冷的炉膛里

火还没有生好。南风一吹
烟雾就倒灌进了房间
灰屑纷纷扬扬地散落在地上
窗外的雪又大了一分

我走出门去
独自站在硬邦邦的旗杆边上
雪花依旧翻滚。山脚下，
蚂蚁一般赶路的汉子在雪地里越走越急
他愿意相信的事物越来越少了

在当金山口

阿　信

突然想做一回牧人
反穿皮袄，赶羊下山——

把羊群赶往甘肃
把羊群赶过青海
把羊群赶回新疆

在阿尔金山和祁连山接合部
在飞鸟不驻的当金山口
一个哈萨克牧羊人，背对着风，向我借火

晚晴山房
——李叔同旧居

商　略

早年的阴霾，都留在山外一侧

我看到，阳光从山墙斜斜漏下

照在半畦芳草上

我确信，有一部分灵魂会因此醒来

先生不在，门虚掩着

经文躺在纸张上

一种严肃、清苦的信仰

因了波浪的拍击

年复一年，房子和台阶随着山体长高

直至我看到，湖的彼岸

草连着天际。看到1925年的春光

穿过了杨柳枝，晒在他那身

又潮又冷的旧外套上

五只手套

张作梗

五只手套扔在风中。

五只手套沾满黄泥，扔在风中，刚好不能被风吹走。

五只手套，三只灰白，两只乌黑；它们

扔在风中，像五只被拔光羽毛

在尘土中扑腾的鸟儿。

五只手套，扔在风中，因沾满

黄泥而不能借助风势挪动，挤靠在一起取暖。

五只手套，两只姓王，两只姓李，还有

一只姓陈。——只因陈姓氏是个独臂者。

五只手套被分别抽走手指，扔在风中，像是手的遗腹子。

五只沾满黄泥的手套，扔在风中，多次在

风中欠起身，像是要向这嘈杂、

冷漠的钢筋水泥生活致敬。

小凉山很小

鲁若迪基

小凉山很小
只有我的眼睛那么大
我闭上眼
它就天黑了

小凉山很小
只有我的声音那么大
刚好可以翻过山
应答母亲的呼唤

小凉山很小
只有针眼那么大
我的诗常常穿过它
缝补一件件母亲的衣裳

小凉山很小

只有我的拇指那么大

在外的时候

我总是把它竖在别人的眼前

月　光

刘　春

很多年了，我再次看到如此干净月光
在周末的郊区，黑夜亮出了名片
将我照成一尊雕塑
舍不得回房

几个老人在月色中闲聊
关于今年的收成和明春的打算
一个说：杂粮涨价了，明年改种红薯
一个说：橘子价贱，烂在了树上

月光敞亮，年轻人退回大树的阴影
他们低声呢喃，相互依偎
大地在变暖，隐秘的愿望
草一般在心底生长

而屋内，孩子已经熟睡

脸蛋纯洁而稚气

他的父母坐在床沿

其中一个说：过几年，他就该去广东了

雷雨山夜

飞　廉

骤雨初歇，窗台飞来一只蜻蜓。

灯光下，多么美！

身子悬空，如一根松针；

轻到虚无，不可能给这世界增添重负；

哑默无声，不惊动任何事物。

这样一个夜晚，它只是偶然路过借宿，

明天，当我醒来，它已离去。

小巷深处，遍地椰子壳

李才豪

前面的那一块空地上
弃满了被掏空的椰子壳
它们多么像一堆清闲寡味的日子
曝晒在芒果味的阳光里

中午，我提着一张红塑料椅子
面无表情地坐在门口
感受着这个海岛的夏天正渐渐消逝
我却依然没有迈出停滞的脚步

隔壁邻居家的那只白毛狗
安安静静地趴在一些盆景旁边
满身白毛仿佛灵魂被风吹得飘扬
感觉它好像就要凌空飞起来

坐在这里，可以清晰地听到

附近马路上各种纷杂的声音
它们代表了不同的节奏和表情
而小巷深处，遍地椰子壳

一天中我钟爱的时刻

舒丹丹

早上六点半，我梳洗出门。
墙角一蓬芭蕉抽了嫩芽，新绿逼人眼。
晨风中的枝叶多么舒展，我忘记了
昨夜的骤雨和它们卷曲的忧伤。

下午四点，一天的工作已经完成。
我缓缓走过山间，停在一棵樟树下。
随口打声招呼吧，向头顶一只小山雀。
满山的风声，顷刻化作鸟鸣与我回应。

六点钟我在菜场摊贩间，流连于
菠菜、番茄和豆腐。我无意在蔬菜的叶脉里
找寻生活的意义，但的确是它们，
帮我一次次溶解，突如其来的虚空。

夜里九点，我走在浓雾的树荫下。

有时，我感到一阵孤独来袭。有时，又觉得自己
并非想象中那样孤独。我仰望夜空，
至少，我被满天星光垂爱着。

靠　山

张沐兴

我是有靠山的人

长期以来

我认定衡山

就是我的靠山

给我撑腰

甚至想想它

我就敢走夜路

敢冒险

敢说别人闷在心里

不敢说出来的话

衡山

不单纯是我的靠山

也是各种花草

与树木的靠山

它们直接地

把生命托付给它

你瞧，太阳的光
也软软地
软软地
靠在它的怀里

生　动

徐南鹏

雪，飘落下来

飘落在夜的空里

飘落在雨伞的黑里

飘落在路灯下独行身影的生动里

她那么小的足迹

不用多久，必定被新雪掩藏

只有我一个人相信，她偶尔驻足

抬眼望的，是人间的一扇窗口

早晨的大海

唐不遇

我们都醒来了。
我们在甲板上合影。
我们的面孔朝霞般挨挨挤挤，
每一张嘴
都像背后升起的太阳。

而太阳像观看旧照片的人
俯视着我们。

我们经过一座小岛，
岛上的人们等待着我们，
但我们只是经过，
我们只是
大海发出的轻微鼾声。

春天里

鲁　娟

第一个孩子出生便夭折，第二个亦如此
她几乎活不下去
直到有了第三个孩子，第四个，甚至第五个

山上住着多少这样的女人
历经破碎依然完整
历经伤害却反弹出更多的爱

她们双手穿梭于春天卷曲的灵魂
满山蕨草一次次被摘取
又一遍遍疯狂生长

她们如祖母在夜里静静端坐
怀揣黄金的缄默
省略春雷般惊天动地的往事

小　镇

陆辉艳

是不是所有的小镇

通往医院的街道，都是阒静的

我走在上小学时走过的路上

银杏树叶落了满地

我却从未见过它的果实

挂在树上的样子

木门虚掩，雕花窗户已脱落

同样地，我也从未见过

它们一天中是如何投下阴影

夕阳里紧闭的门窗下

更不会有人大喊着："玛利亚，钥匙！"

我想着父亲年轻时也健步走在这条路上

经过陈旧的照相馆、新华书店

日用百货店，米粉店的招牌常年沾满油渍

经过门前晒满药草的中药铺

在它隔壁，依然是棺材铺和寿衣店

再走过去，经过陶瓷店

才是镇医院

夜色中，它们顶着沉重的露水

站在街道两旁

——告诉时间这是最合理的安排

夜过海西

赵 琳

海西大巴上，窗外秃鹰沉睡
篝火像要点燃
更广阔的天空，雪峰迷离的光
照耀大地

天空阴冷多雨
转经人在盲道踩出干净的雪印

随后是棕熊、狼、狐狸……
暮色蓝夜遍布高原

我和卓玛聊天，她给我撕下一块牛肉
月亮就升起来了
青稞入睡，霜雪微醉
薄薄草原，我愿为卑微小雨心怀慈悲

蜀中抒怀

康宇辰

你好我的亲爱的，我们很久不见，
不说近况的时候就各自锤炼，在月亮
巨大的冷淡下面，夜生活琳琅
满目，文字工作者向往街头狂欢。

Hey 我的亲爱的，我在学校里上课
讲诗和文学的观念，夜里秋天的凉风
多像从十来年前的晚自习后吹来，
新老师背书包如整齐的少年，多年
过去以后，她还在收听更好的明天。

八十年代的感动是健康的，亲爱的或许
你喜欢《你的样子》，我喜欢《明天会更好》，
那些酒一样浓深的夜色、不太凛冽的风
让我过分思念一些从来没有的人。
你来和我一道深呼吸这馥郁的年代吧，

学生时代走校园商业街，

那样土味摩登，山寨了人类自由王国。

我在高校的夜色下七步成诗，命

是要紧的，所以那些项目书长长短短，

埋葬了青春，或终于是慌张的、焦灼的、

空幻的打工之年。我亲爱的朋友，

把未央歌压榨了一年又一年后，我亲爱的

年代的记忆者，铡刀落下切分所有盛年。

你是美丽、美丽、美丽的致幻。我倾听

他们赛跑跑出亚洲劳动密集型的呼喊。

"劳动"，在一本哲学书里，劳动是

为了诅咒旧世界，在网红的现代城市，

劳动的奇观被消费得那样疲劳、那样顺从、

那样好看。我的亲爱的，人在家中宅，

社会关系也会纷纷从深网上找来。

不纯的时空，挪移的位置，我离别的悄悄

换十日的笙箫。哪里有夜晚的康桥？

辞别的才子之唱里我找不到故人，

爆款的诗才不会胡乱埋没于伟大的年代，

可多情自古伤离别啊！看大地被风雨化育，

看萌生新花新枝无甚意义，我的胸怀

被北方的洪流拥塞，只好失忆又失眠。

亲爱的，你见过北极星的心事吗？
万古愁愁得青春常在，起朱楼宴客好心意
也再不遗憾人间聚散了。可是，可是，
文学青年的梦在夜半朗朗铺开，乾坤光明。
梦里的事情，无非是轩窗里的老抒情，
过于情长了，干燥的年份并不适应。
你挂念远方人吗？她写盛年的《陈情令》，
如同捕风，如同轻罗小扇，秋日只余流萤。

马 灯

姚　辉

风烈。灯盏被轮番敲打的肋骨

铮然有声　那些在风中

艰难穿行的人　记得

灯盏不朽的位置

灯盏聚拢风声　1935

父辈的苦难　依旧绵延

一盏灯　超越过多少苦难

而灯的身后闪出了更多的灯盏

一盏衰老的灯

被风一般炽烈的千种灯盏

唤醒　灯的梦想　不会锈蚀

不会让源自种族的信念

被——捻碎在　暗夜深处

一双手　将灯

挂在西斜的风上

他给了灯盏骄傲的理由

血已经漫流过了　血

仍将会让回旋的风

灯一般　活着

——灯盏的守候

便是青史最初的守候……

船上的幽光

李郁葱

此时正好有皓月当空，跃入
我们的视野，所及之处皆是锦绣
但当年的低语还在暗处婉转
水波荡漾，隔着百年的时间

那些人，露出了身体里的锥子
愤世嫉俗，对于世道的忧患
使他们踏入这条船，在尘世的苍茫间
他们有一腔的热血赠予这入夜的时代

像是鹰用清唳撕开了云层
把身体当作一只打出去的拳头，世界
需要一把钥匙的开启：启蒙
敢于表明自己的态度，13 个人

从暮色走向黎明时，同行者越来越多

但这一天的风声证明着他们的勇敢

为众人抱薪，当众人站成了墙

他们最初的声音依然在船舱间萦绕

扎 根

陈惠芳

根在，故乡枝繁叶茂。
穿越《暴风骤雨》，
操着一口巴酽的益阳口音，
周立波回来了，大作家回来了。

那年那月，这位从北到南，
倾听大地心跳、抚摸时代脉搏的大作家，
就是乡亲眼里的凤翔哥、凤老三。
46 岁的游子，口袋里插着钢笔和牙刷，
回到了老倌子、后生仔、堂客们和细伢子身边，
又要聊天，又要"奋啪啪"了。

清溪村有幸，清溪村有福，清溪村有喜。
写就了历史的清溪村，又被历史流传。
不是所有的人都自带光芒。
挽起裤脚，踩进泥土，

披星戴月的人，才会熠熠生辉。

乡情灌溉了才情。
时光镂刻了雕像。
周立波像一位乡村铁匠，
打造了一个时代的重器。